当代水墨艺术集萃

繁荣创作 深入研究 开拓进取
为中国画事业的发展做出更大贡献
——中国画研究院成立 20 周年感怀

■ 刘勃舒

谷牧同志视察中国画研究院建筑工地（前排中为谷牧，后排右二为李可染，右三为黄胄）

1981 年 11 月 1 日，一个秋高气爽的好日子，中国画研究院在北京正式成立。今天，在我们回首中国画研究院走过 20 年历程的时候，首先要缅怀为中国画研究院的建立和发展做出重要贡献的老一辈艺术家李可染、蔡若虹、叶浅予、黄胄等，对他们为发展中国画艺术所做出的劳绩表示由衷的敬意。

"文革"之后，面对满目疮痍的中国画和浑身伤痕的中国画家，一个旨在复苏中国画的计划形成于 1980 年的下半年，有关部门决定在中国画创作组的基础上筹建中国画研究院。这一计划此前就在酝酿之中，加上中国画创作组做出了许多富有成效的工作，因此，在中国画研究院从酝酿到成立的过程中，筹建工作受到党和国家领导人的重视和支持。1981 年 10 月 27 日，叶剑英委员长接见了中国画研究院筹备组负责人李可染、蔡若虹、叶浅予、黄胄，听取了他们关于筹备工作的汇报。国务院副总理万里、谷牧、方毅、姚依林、耿飚、胡乔木、王任重还出席了成立大会，谷牧并在大会上讲话："中国应当有一个中国画的创作和研究中心，这是大家盼望已久的事。""中国画研究院的成立必将在指导和繁荣中国画的创作实践和理论研究方面发挥极其重要的作用，所以值得我们大家为之庆贺。"

中国画研究院的成立，是具有悠久历史传统的中国画院体制的延续，是 20 世纪 50 年代后期北京、江苏、上海国画院成立之后，画院工作在新时期的重要发展。

中国画研究院的成立，具有明确的宗旨，这就是指导和繁荣中国画的创作实践和理论研究。

经典传世铸品牌

中国画研究院艺术交流中心
西 苑 出 版 社

目 录

水墨 丛书（四）

中国画研究院艺术交流中心　编
西苑出版社　出版

艺术指导：刘勃舒

社长、总编辑：杨宪金
艺术总监：杨宪金
技术总监：王永升

主　　编：张江舟
副主编：伊默
编　　辑：徐冬青
责任编辑：刘兴厚
特约编辑：张捷　岳洁琼

编辑部
地　址：北京西三环北路54号
中国画研究院《水墨》编辑部
邮　编：100044
电　话：010-68479020

中国画研究院的成立,具有示范性的意义,它引导了后来各地纷纷成立画院。同时,也形成了一个连接各地画院的中心,发挥了组织、协调画院工作的作用。

在当时特殊的历史情况下,中国画研究院承担了中国画普及和提高的两大任务,"因为有了中国画研究院,提高有了条件",而普及工作则是"要指导好全国的中国画创作和研究活动,扶植和培养新秀"。其中做好团结工作;贯彻"百花齐放,百家争鸣"的方针;既要保持和发扬中国画传统艺术的特色,又要勇于和善于推陈出新,不断丰富和发展中国画的艺术表现力,则是长期遵循的原则。

20年来,中国画研究院在党的文艺方针指引下,在文化部的直接领导下,本着弘扬主旋律,继承发展民族优秀传统文化的原则,先后主办了第一届国际水墨画大展、多届中日水墨画交流展、中国画各门类的学术研讨会、"三峡刻石"大型活动,组织编纂了《当代中国画院》二卷本大型画册,承办了"全国画院工作会议",组织和承办了"首届全国画院双年

展",以及"聚焦西部"画展等许多大型学术活动,为中国画艺术的创作、研究和发展做出了较大贡献。不仅在当时有着广泛的社会影响,而且在中国画发展史上也有着深远的意义。在这一历史过程中,在老一辈艺术家的带领下,中国画研究院形成了一个老中青相结合的创作队伍。他们创作了许多具有代表性的作品。这些作品相继出现在历年来的一些全国性或专题性的展览和活动中。这批画家不仅完成了各种创作任务,而且大都形成了自己的个人风格,在国内外享有一定的声誉,成为当代中国画创作队伍中的一支重要的力量。在理论研究方面,从1985年回应"中国画危机论"的系列讨论会,到后来的规模大小不等的学术会议,特别是多次关于人物画创作的会议,都在一定的历史时期,对于辨明中国画思潮、引导中国画创作,起到了积极的作用。为了反映中国画研究方面的学术成果;我们出版了《中国画研究》理论丛刊和画刊,以及《中国画研究通讯》,同时还编辑、出版了有关的文集、画集,建立起了一个服务于创作和研究的舆论阵地和对外宣传的窗口。

中国画研究院经过20年的发展,开拓进取,努力实践,确立了它在中国画界的地位和影响。如今,进入21世纪,中国画研究院面临着前所未有的机遇和挑战,为贯彻落实文化部《关于直属单位深化改革的意见》,进一步巩固"三讲"成果,体现江泽民总书记"三个代表"的重要思想,我们应当以邓小平理论为指导,坚持先进文化的发展方向,调整、强化中国画研究院的职能,通过改革、精简机构、理顺关系,建立良性循环的新机制,在以下几个方面做出努力:

一、明确通过改革求得发展的思想,通过机构、机制的改革,使传统型的国有体制在多元互补之中吸收社会的营养,建立和完善与时代发展相应的画院体制,使研究、创作、教学、公益四位一体的组织机构反映出与时俱进的时代特色。进一步发挥国家级研究机构的号召力,加强与各画院、画家之间的联系,增加凝聚力。

二、继续关注人才的培养,明确人才在各项工作中的重要性。在人才培养、引进方面,打破过去的单一模式和框框,不局限在某一地区或某一方面,不拘一格

国务院领导同志万里、方毅、谷牧、姚依林与中国画研究院负责人蔡若虹、黄胄在一起

降人才,不拘一格培养人才。通过人才工程,保持中国画在发展过程中的后劲。

三、加强研究工作。组织力量深入研究中国画的发展规律,着力对中国画本质问题的系统研究,为美术创作提供理论支持。密切关注中国画在新时代发展过程中出现的新的问题,通过组织研讨会,集中院内外专家研究这些新问题出现的背景,提出应对的办法。继续办好《中国画研究》理论丛刊和画刊,发挥它们在中国画研究领域的导向作用,同时积累研究成果。

四、鼓励创作,强调精品意识。提倡画家深入生活;提倡艺术反映生活、表现生活,在集体和个体深入生活的活动中,在各种反映和表现生活的创作活动中,从组织、经费等方面,为画家深入生活创造条件,为画家提供适宜创作的氛围。建立奖励机制,催生时代的精品、力作,为时代做好创作积累的工作。

五、完善教学体系,发挥研究院的人才优势,弥补研究院教学的不足。根据中国画自身的特点,强化传统教学体系在当代的作用,积极探索中国画教学的规律。通过各种形式培养中国画创作和研究的高级人才,同时兼顾普及性的基础

教育。系统总结中国画教学的经验,逐步形成在教学、教务、教材方面的中国画研究院的体系。

六、继续做好为社会服务的工作和各项公益事业。根据政府部门和社会各界的需要,在礼品、布置、收藏等方面,提供能够代表国家水平的作品和服务。积极介入艺术市场,建立与市场的联系,以此从根本上杜绝赝品的泛滥,为净化中国画市场做出努力。加强与社会的联系,发挥中国画研究院的品牌效应,求得与社会的互动发展。

时代的发展,为中国画研究院的工作提出了许多新的要求,我们只有继续坚持代表先进文化的前进方向,明确我们所承担的发展传统艺术的历史使命,才能保证我们在未来的事业中有所作为。

在全球经济一体化的新形势下,我们将把发展中国画艺术作为坚守中国文化的一个国家战略,保持中国画艺术的本质特点,同时促进与世界其他文化之间的交融,从而使现代中国画成为和西方艺术并行发展的一个独特的艺术体系。我们坚信,老一辈艺术家所期待的"东方既白"的深切心愿,在我们这个世纪当中,一定能实现,也一定会实现。

在中国画研究院成立大会上,吴作人(右)主持会议,李可染致开幕词

华君武(左)与李可染夫人邹佩珠

蔡若虹(右)与院委蒋兆和(左)、陆俨少(中)

中国画研究院全体员工合影 (2001年冬)

1981～2001 年中国画研究院纪事(初稿)

■ 赵力忠 搜集整理

1981 年 辛酉

11月1日，**中国画研究院成立大会**在北京饭店举行，国务院副总理万里、谷牧、方毅、姚依林、中央各部委、北京市、中国文联、中国美协等单位领导及文艺界人士500余人出席。吴作人主持。首任院长：李可染；副院长：蔡若虹、叶浅予、黄胄；秘书长：黄迵。为文化部直属事业单位。临时院址 北京颐和园藻鉴堂。人民美术出版社和（日本）株式会社美乃美共同印制了《中国画研究院作品选第一集》（中国画研究院第一届展览会部分作品，收入作品100件）。学报《中国画研究》丛书第1集同时由人民美术出版社出版并公开发行。在建院前夕的10月27日，全国人大委员长叶剑英在其住所接见并听取了院负责人的工作汇报。

中国画研究院的前身是1977年12月在原为毛主席纪念堂组织创作作品的班底上成立的**文化部中国画创作组**，首任负责人：华君武。任务扩大为组织全国著名中国画画家为政府部门、驻外使领馆及有关单位提供布置陈列作品和为国家领导人出访创作礼品画。先是借住于友谊宾馆，后租用于颐和园藻鉴堂。1980年2月27日与中国美术家协会在北京共同召开了"**中国画人物画创作座谈会**"。约在此前后，在中国美术馆举办了"**中国画创作组汇报展览**"。并在此基础上成立了中国画研究院筹备组，筹备组组长 朱丹；成员有：蔡若虹、黄胄、安靖、苏立功（秘书长），后又增加叶浅予、李可染、吴作人共8人。筹备组的工作渐渐甚得当时国务院有关领导的重视，在继续圆满

完成国家安排的创作任务的同时，为院里积累收藏作品4000余件，同时开始选址和基建工作，其间，全国人大委员长叶剑英、国务院副总理万里、谷牧等多次到藻鉴堂及新院址建筑工地视察指导和解决困难。1981 年 4 月 16 日、5 月 15 日、6 月 11 日和 7 月 2 日，院筹备组又先后在藻鉴堂举行了"**关于文人画问题讨论会**"、"**人物画创作座谈会**"、"**理论座谈会**"和"**花鸟画座谈会**"，并在正式建院前即先行组建了《中国画研究》编辑部，为由原先的单纯组织创作向学术研究转变作组织准备，"中国画研究院不是事务机关，不是衙门，不是养老院、招待所，是一个纯粹的学术机关"。"最高权力机构是艺委会，主要成员是国画家、理论家。""院的主旨是在于更深入地认识传统和发展中国文化"。（李可染）"作为国家办的中国画研究院，不是画院，是研究院。现在不是时新叫什么什么中心吗？中国画研究院就是中国画学术研究的中心，是中国画学术研究资料的中心，是中国画对外学术交流的中心，当然，作为理论联系实际，作为研究的对象，中国画研究院还是为全国甚至全球的尖子中国画画家提供创作和艺术交流的中心，是优秀中国画作品的陈列中心和观摩学习的中心，同时还要做文房四宝工具材料和新技法的研究，成为名符其实的中国画最高学术研究机构"。（叶浅予）"中国应有一个中国画的创作和研究中心，这是大家盼望已久的事。""中国画研究院的成立，必将在指导和繁荣中国画的创作实践和理论研究方面发挥极其重要的作用。"（谷牧）

11月2日至15日，"**中国画研究院第一届画展**"在中国美术馆举行，展出229位作者的作品231件（此展后又于12月至次年5月先后在沈阳、广州、上海、成都、重庆进行巡展）。

前任院长李可染与现任院长刘勃舒在一起

方毅(右二)到中国画研究院参观画展，李可染(右三)陪同

前文化部副部长王济夫（左二）到中国画研究院作客，左一为李可染，右一为刘勃舒，右二为谢志高

1983年6月，叶浅予在"张大千艺术座谈会"上发言

11月3日，第一届院务委员会在藻鉴堂举行，叶浅予主持，就《中国画研究院章程草案》和《1982年工作计划》进行讨论。出席会议的有（以姓名笔划为序）：田世光、亚明、叶浅予、孙其峰、刘文西、刘海粟、李可染、李苦禅、陆俨少、张仃、郑乃光、吴作人、邵宇、黄胄、黄迴、唐云、蒋兆和、程十发、蔡若虹、谢稚柳、黎雄才，计21人；钱松岩应邀列席；常委朱丹，委员王雪涛、石鲁、关山月、黄永玉计5人因病或因事请假缺席。院成立大会的有关资料载《中国画研究》丛书第2集。

1982年　壬戌

3月至6月，组织全国部分省市中青年画家20余人进行人物画创作活动。黄胄主持，蔡若虹、叶浅予、董寿平、刘凌沧、崔子范、徐邦达等授课指导，并组织赴晋、陕、冀参观古代名作和体验生活，创作作品90余幅。

6月12日起，与中国美术家协会共同主办的副院长"叶浅予画展"在中国美术馆举行，展出作品810件。

7月6日，旅美台湾画家孙瑛由美到京，并即申请定居，9月，被分配到本院工作。

7月27日起，由中国美术家协会主办的副院长"黄胄画展"在中国美术馆举行，展出作品142件。

7月下旬至8月初，组织中青年画家10人赴内蒙古锡林郭勒参加那达慕大会并进行写生、创作活动。

8月25日，院务委员石鲁在西安逝世，享年63岁。

9月，《中国画研究》丛书第2集由人民美术出版社出版发行。

9月20日至12月15日，组织全国部分省市近20位画家进行"中堂、四扇屏人物画创作活动"。黄胄、蔡若虹、叶浅予主持，潘洁兹、糜耕耘、王树村、王定理、刘文西等授课指导。

11月24日，院务委员王雪涛在京逝世，享年80岁。

1983年　癸亥

3、4月间，院长李可染，副院长叶浅予、黄胄，驻院画家孙瑛当选为第六届全国政协委员。

5月1日起，与中国文联、中国美术家协会共同主办的院务委员"刘海粟近作展览"在中国美术馆举行。

5月，《中国画研究》丛书第3集由人民美术出版社出版发行。

6月4日起，与中国美术家协会、中国美术馆共同主办的"张大千画展"在中国美术馆举行，展出作品约200件。展出期间的6月14日至18日每天上午由副院长叶浅予主持召开了5次"张大千艺术座谈会"。

6月11日，院务委员李苦禅在京逝世，享年86岁。

是年，由副院长黄胄主持组织国内著名画家为中南海紫光阁创作百余件大幅布置中国画作品，中共中央办公厅特发文嘉奖。

9月，《中国画研究院》丛书第4集由人民美术出版社出版发行。

9月，李可染院长被德意志民主共和国艺术科学院授予通讯院士称号，由该

国驻华大使馆授予证书及和平勋章（有说为10月15日，实误）。

10月11日起，应日中友协、日中友好中心和《朝日新闻》社邀请，院长"李可染中国画展"先后在日本东京和大坂举行。

11月7日起，已故院务委员"王雪涛遗作展览"在中国美术馆举行，展出作品92件。

1984年　甲子

4月，由颐和园藻鉴堂迁入由副院长黄胄分工主持修建新落成的现今院址：北京西三环北路54号（1991年5月15日之前编为22号）。原占地面积20亩（修建三环路时占去2亩），建筑面积7500余平方米，其中6座2层甲楼计24套工作室，一座3层乙楼24套工作室，一座560平方米两层环绕式陈列馆，当时总投资约800余万元。院内曲径回廊，湖水荡漾，绿荫婆娑，环境优雅，一座高25米传为明惠帝朱允炆(1399—1402在位)衣钵塔的宝瓶状喇嘛塔，耸立于院内东北角上（北京的三座白塔之一，另两座在北海公园和白塔寺），1993年起，被首都绿化委员会授予"首都绿化美化花园式单位"永久称号。

杨力舟、王迎春《太行铁壁》荣获由文化部、中国美术家协会主办的"第6届全国美术作品展览"金牌奖。

8月10日起，已故院务委员"李苦禅书画展"在中国美术馆举行，展出作品200多件。

9月，杨力舟调往文化部艺术局美术处工作。

12月，王迎春当选为第六届全国青联委员。

1985年　乙丑

5月6日至11日，在中国美术家协会第四次全国代表大会上，院长李可染，副院长蔡若虹、叶浅予，院委关山月、黄永玉当选为副主席。

5月，文化部任命中央美术学院副院长刘勃舒兼任本院常务副院长，蔡若虹、叶浅予、黄胄不再兼任本院副院长，黄迴不再担任本院秘书长。

6月，吕世观任本院副院长。

8月，成立业务处，正式设立驻院专业画家。

10月，《中国画研究院作品选第一集》（中国画研究院第一届展览会部分作品）由人民美术出版社出版，收入作品159件（连同1981年与日本株式会社美乃美共同印制的"第一集"共259件，比实际展出多出28件，估计有的是未参展而在编印画集时又在本集加进去的）。

11月6日至25日，在本院陈列馆举办"中国画研究院藏画展"。

冬，院美术公司成立，首任经理：叶新建。

12月4日至6日，与中国艺术研究院美术研究所共同主办的"中国画讨论会"在本院举行，在京的中青年美术史论家、画家、编辑40余人与会。中心议题：当代中国画面临的挑战。与会者就目前中国画"危机"的问题、目前青年人与中、老年人在艺术观念和艺术实践上的矛盾问题、关于中国画的创新问题、关于中国画的传统问题等，不同观点争论激烈。"综述"载《中国画研究》丛书第5集。

1986年　丙寅

1月，院陈列馆改称院展览馆。

1月，独家主办的"何海霞画展"在本院展览馆举行，展出作品80件。

1月28日至30日，与北京画院《中国画》编辑部共同约请在京的几位老画家在本院举行"中国画讨论会"，吴作人、叶浅予、郁风、何海霞、刘勃舒、张仃、张安治、吴冠中、李松等发言，"发言摘要"载《中国画研究》第5集。

2月22日至3月6日，与江西省文化厅等共同主办的"黄秋园中国书画遗作展"在中国美术馆举行。

4月15日，院务委员蒋兆和在京逝世，享年82岁。

4月17日至30日，与中国美术家协会陕西省分会共同主办的"罗平安画展"在本院展览馆举行，展出作品132幅。

4月28日至5月11日，与中央美术学院等共同主办的院长"李可染中国画展"在中国美术馆举行，展出作品200多件。

6月11日，已故院务委员"李苦禅纪念馆"在山东济南万竹园开馆。

6月23日至26日，与中国艺术研究院美术研究所、陕西省国画院、中国美协陕西省分会共同举办的"'中国画传统问题'学术讨论会"在陕西杨陵召开，来自全国10余省市的近百名代表出席，收到论文37篇，50余位代表发言。讨论会"综要"载《中国画研究》丛书第5集。

8月25日至9月10日，与中国美术家协会等共同主办的"潘絜兹画展"在本院展览馆举行。

9月，招收第一届进修生14人，由王迎春、龙瑞分任导师，次年7月结业。

10月28日至11月31日，发起并邀请北京画院、上海中国画院和江苏省国画院共同主持的"中国画学术工作交流会"在本院举行，11月1日至21日，举行了全国28画院"当代中国画联展"。

1987年　丁卯

3月31日，与中央美院中国画系联合在本院为原副院长叶浅予先生举行"80寿辰祝寿会"。

6月6日至12日，与山东省美协共同主办的"曾先国、王隽珠山水画展"在本院展览馆举行，展出作品约120件。

6月，与日本国日中水墨交流协会共同主办的"第一届中日画家合同展"在本院展览馆进行，后又移展于山东美术馆。日本113位女画家随团访华。

7月1日至10日，由本院独家主办的"陈向迅、赵卫、陈平、卢禹舜四人山水作品展"在本院展览馆举行，展出作品100余件。

7月，成立教学办公室。9月，招收第二届进修生30余人，次年7月结业。

9月，李可染院长为首届中国艺术节捐款10万美金。

10月1日，已故院务委员"王雪涛纪念馆"在山东济南趵突泉公园沧园开馆。

10月7日至9日，与中国美协浙江分会、浙江画院共同主办的"姜宝林画展"

院委田世光（左）与何海霞

1998年6月，文化部部长孙家正（右）到研究院视察工作，副院长解永全介绍情况

法国巴黎国际艺术城主席布鲁诺夫人（中）访问中国画研究院

院委刘海粟（左）、黎雄才（右）

院委潘絜兹（右）与孙瑛

叶浅予（左一）与院委李苦禅（中）、朱屺瞻等

在本院展览馆进行，展出作品98件。

11月21日至23日，在本院召开"**人物画创作研讨会**"。来自全国15省市的40多位代表出席。"综述"载《中国画研究》丛书第5集。

年底，**刘勃舒正式由中央美术学院调任本院常务副院长**。

1988年　戊辰

1月，副院长**吕世观调往民政部工作**。

3月，与日本日中水墨交流协会共同主办的"**日中水墨画联展**"在日本举行，刘勃舒、李松、郭怡孮、单应桂、陶勤等应邀同时赴日进行文化交流。

3、4月间，院长**李可染**，原副院长**叶浅予、黄胄**，驻画家**孙瑛**当选为第七届全国政协委员。

4月，院务委员朱丹在北京逝世，享年72岁。

5月7日至19日，独家主办由叶浅予倡议并参加组织的"**首届珍藏历代绘画作品展览**"在本院展览馆举行，展出在京书画家前辈和收藏家提供的藏品近百件。

6月23日至25日，与深圳画院、深圳竹园宾馆共同主办的"**中国花鸟画研讨会**"在深圳竹园宾馆举行，来自全国8省市的20余位代表出席。"综述"载《中国画研究》丛书第5集。

9月，招收**第三届进修班**约20人，次年7月结业。

9月，《中国画研究》画刊**第5辑**（顺序号上接已出版的丛书4集，下同）由香港世界文库出版社出版。

10月17日至25日，与日本国日中水

墨交流协会共同主办的第四届"**中日水墨画合同展**"在日本国东京都举行。谢志高、龚文桢、邢少臣赴日参加交流活动。

秋，在京西宾馆为**何海霞先生**举行**80寿辰祝寿会**。

10月26日至31日，与中国美术家协会共同主办的"**'88北京国际水墨画大展**"在本院展览馆举行，展出作品135件，9件作品荣获大奖。出版了画集。这是自85年以来以水墨画称谓举行的规模最大、参展画家来自地区最广、很多参展作品风貌焕然一新的第一次大型展示，也是前几年中国画大讨论的成果在创作上的具体反映和检阅，在国内外华人画家群中产生很大影响，为在今后举办国际性中国水墨画交流，提供了经验。其间的10月27日和28日在本院举行了"**北京国际水墨画展学术研讨会**"，80余位中外美术理论家和画家出席，提交论文17篇。"论文选"载于《中国画研究》丛书第5集，并见《中国画研究》画刊第6辑。

1989年　己巳

4月24日至5月8日，独家主办的"**第二届珍藏历代书画作品展览**"在本院展览馆举行。

7月，王迎春《**金色的梦**》和赵卫《**陕南秋红**》荣获由文化部和中国美术家协会主办的"**第7届全国美术作品展览**"铜牌奖。

7月，赵榆任本院副院长。

11月1日至11日，与中国美术家协会共同主办的"**中国山水画作品联展**"在本院展览馆举行，展出李可染、陆俨少、张仁芝、龙瑞、王镛、庄小雷、陈向迅、

赵卫、陈平、卢禹舜作品共约80件。举行了当代山水画创作座谈会。

12月5日，院长**李可染**在京逝世，享年82岁。

12月14日至19日，与日本国日中水墨画交流协会共同举办的总第五届"**中日水墨画合同展**"在日本国东京都美术馆举行，中方参展作品60幅。李晓林、王迎春、赵卫赴日参加交流活动。

12月，赵卫、邢少臣当选为第七届全国青联委员。

1990年　庚午

4月，《中国画研究》画刊**第6辑**由江苏美术出版社出版。

5月，本院在深圳的对外窗口—现代艺术发展公司"**中国画廊**"正式开业，龙瑞任公司董事长，马明明任经理。

10月6日至20日，"**中国画研究院第三届院展**"在本院展览馆举行。本院和21省市及香港地区175位画家的作品参展。"综述"及座谈摘录载《中国画研究院通讯》1、2期合刊，并见《中国画研究》（画家与作品丛书）第7辑。

10月24日至27日，由本院组织召开的"**中国画学术讨论会**"在北京昌平举行，来自全国19所省、市画院、6所院校等38个单位的近百名学者、画家、理论家出席。文化部副部长陈昌本到会并讲话。会议就改革开放10年中国画的创作、理论研究和画史研究等方面作了全面的回顾，并就学术争鸣与宽容宽松、求道之路与明星之路、表现形式与内在精神、中国画的现代形态及艺术市场对中国画发展的影响等多方面问题进行了热烈研讨，

各画院的代表还就酝酿成立全国画院联谊会进行了磋商。"发言选"载《中国画研究》丛书第5集，"发言集粹"载《中国画研究院通讯》第1、2期合刊（即"创刊号"）。

10月26日晚，**部分院委会议**在正在举行的"中国画学术讨论会"间隙于昌平召开。

10月30日至11月3日，与日本国日中水墨画协会共同举办的第一届（总第六届）**"中日水墨画合同展"**在东京上野美术馆举行，中方参展作品50幅。副院长赵榆及画家李凌云、裴缉木赴日参加交流活动。

内部资讯季刊**《中国画研究院通讯》**创刊。

12月，独家组织编辑的**《李可染论艺术》**由人民美术出版社出版。5日，在人民大会堂江苏厅举行首发式，200余人出席。6日和7日，又在本院大画室举行了**"李可染学术座谈会"**，李可染生前好友、弟子、亲属及学者30余人与会，"发言摘要"载《中国画研究院通讯》总第3期。

1991年　辛未

1月8日至22日，由邓林（团长）、李晓林、龙瑞、董小明（中国美术家协会）一行四人组成的**中国画研究院代表团**，应菲律宾菲华青年学社邀请**赴菲访问**，并在马尼拉举办了画展。1月16日，时任

菲律宾总统科·阿基诺在总统府接见了代表团全体成员，并感谢邓林把这次画展的部分收入赠给菲律宾灾区。

5月1日至8日，由日本NHK和横滨王子饭店主办的**"现代中国书画展"**在日本国横滨王子饭店举行，展出作品80幅。4月27日至5月12日，邬鸿恩、邢少臣、刘牧、赵宜明、孙东连随展赴日进行文化交流。

5月27日，山东青岛画家**梁天柱被聘为本院首位特约画家**。

7月7日，文化部和中国驻泰国大使联合在北京长城饭店举行联谊会，向由本院组织的10位画家为**泰国国王行宫"淡浮院"**创作作品颁发收藏证书，这10位画家是：何海霞、田世光、宗其香、高冠华、潘洁兹、白雪石、崔子范、戴林、秦岭云、刘勃舒。

7月下旬，与中国国际贸易中心共同主办的**"中国画研究院救灾义卖画展"**在国贸中心举行，近20人作品入展。

9月18日至23日，与中国美术家协会等共同主办的**"纪念'九·一八'事变60周年中国画展"**在本院展览馆举行，展出作品近百件。

10月1日至10日，由浙江省文联等主办的**"曾宓中国画展"**在本院展览馆进行，展出山水、人物、花鸟画作品136件，并举行了座谈。

10月15日至20日，与中国民族旅行

社联合主办的**"全国第一届民族文化风情中国画大展"**在本院展览馆举行。

11月3日至8日，与日本国日中水墨画交流协会共同主办的第二届（总第七届）**"中日水墨画合同展"**在日本东京上野美术馆举行，中方参展作品30件，龙瑞（团长）、詹庚西、赵力忠赴日参加交流活动。

11月27日至12月30日，独家组织主办的**"1991年中国画研究院邀请展"**系列展在本院展览馆举行，展览分3个专题并分3次展出，其中，人物128件、花鸟148件，山水161件。

11月，《中国画研究》丛书第5集"近几年中国画研究回顾专辑"由人民美术出版社出版发行。

12月3日至5日，邀请全国60余位画家、理论家在本院召开**"中国现代人物画创作研讨会"**，"综述"和部分发言摘要载《中国画研究》丛书第7集，并见《中国画研究院通讯》总第7期。

12月15日至22日，与中国美术家协会等共同主办的**"陈白一画展"**在中国美术馆举行，展出作品90幅，并举行了研讨会。

12月，**《中国画研究》画刊（画家与作品丛书）第7辑**由今日中国出版社出版。

1992年　壬申

2月1日，在北京国际艺苑举行"新

中国画研究院举办大型学术活动

1995年11月5日，中国画研究院为何海霞先生祝贺88岁（虚岁）寿辰

春联谊会"，北京市领导及首都美术界、新闻出版界、文体界知名人士260余人出席。

3月31日晚，与中央美术学院中国画系共同在本院为原副院长**叶浅予先生**举行**85岁寿辰祝寿会**。

5月6日至10日，"**中国画研究院画家作品展**"在深圳中国画廊举行，18位画家的80余件新作入展。

6月4日，院务委员**邵宇在深圳逝世**，享年73岁。

6月10日至16日，应刘勃舒邀请与湖北省美术院共同主办的"**聂干因画展**"在本院展览馆举行。座谈发言摘录载《中国画研究院通讯》总第10期。

7月，中国美术家协会第一届中国画艺术委员会在京成立，**李宝林受聘为委员**。

9月1日至5日，与中国美术家协会等共同主办的"**远古的回音**"邓林作品展在中国美—术馆举行，展出作品31件。下旬，移展于上海商城，后又在香港展出。

9月22日，与陕西黄河机电股份有限公司等共同在人民大会堂陕西厅举行祝贺**何海霞先生从艺70周年暨书画集出版**发行仪式。

9月23日至10月18日，与中央美术学院等共同主办的"**李可染艺术展—纪念李可染逝世三周年**"在中国美术馆举行，研讨会发言载《中国画研究院通讯》总第11期。

10月5日至7日，与日本国日中水墨交流协会共同举行主办的第三届（总第八届）"**中日水墨画合同展**"在日本东京都文化博物馆举行。李延声、张士增、马明明赴日进行文化交流。

11月4日至10日，与深圳画院共同主办的"**第二届国际水墨画展览**"在深圳中国画廊举行，展出11个国家和地区100

余位画家的作品136件，出版了《第二届国际水墨画展'92作品集》和《论文集》，90余位画家和理论家出席了理论研讨会。"述评"载《中国画研究》画刊第8辑，并见《中国画研究院通讯》总第11期。

11月16日至21日，与大韩民国韩中友好协会等共同主办的首届"**中韩代表画家交流展**"在本院展览馆举行，展出中方20多位画家的40多件作品和韩方30名教授的50多件作品。韩方组成15人代表团专程来华参加交流。

1993年　癸酉

1月16日，与海南大进实业股份有限公司合作共建的**海南大进文化艺术发展公司**在海南省海口市成立。总经理邬鸿恩，副总经理刘昆，注册资金300万元。开业当日举行了"**中国当代著名画家精品展览**"，展出作品100余幅。刘勃舒、王迎春、李宝林、谢志高、邢少臣、赵卫、张士增、戴志棋（中国美术家协会）、王淳（山西美术院）同往参加开业庆典和展览活动。

2月5日至13日，"**中韩美术协会交流展**"在韩国艺术殿堂美术馆举行，展出作品280件（中方作品100件，韩方作品180件）。应韩中友好协会邀请，中国美术代表团刘勃舒（团长）、王迎春、龙瑞、詹庚西、邢少臣、李晓林、张立辰（中央美术学院）、赵成民（北京画院）、赵绪成（江苏省国画院）一行9人赴韩进行艺术交流。

3月31日，与中央美术学院中国画系共同在本院祝贺原副院长**叶浅予先生86岁华诞**。

3、4月间，常务副院长刘勃舒，原副院长**叶浅予、黄胄**，驻院画家**孙瑛当选为第八届全国政协委员**。

5月11日，经中华人民共和国文化部批准，文化部艺术局经研究决定：**任命**

刘勃舒为中国画研究院院长。

6月3日至13日，与中央美术学院等共同主办的"**李苦禅艺术展**"在中国美术馆举行，展出作品120件，并在现场举行了学术研讨会。

7月，《中国画研究》画刊第8辑由香港联华出版社出版。

9月21日至24日，与中国人民对外友好协会共同主办的"**中国画研究院作品展**"在日本东京都日中友好美术馆举行，展出作品70余件。由赵榆（团长）、刘昆、孔福生、李慧萍及对外友协2人共同组成的友好访问团一行共6人同时访日。

10月23日，院务委员**陆俨少先生在上海逝世**，享年85岁。

10月，《中国画研究》丛书第6集"李可染研究专辑"、"张彦远研究专辑"由人民美术出版社出版。《中国画研究》画刊第9辑由联华出版社出版。

11月3日至8日，与中国美术馆等共同主办的院特约画家"**梁天柱画展**"在本院展览馆举行，展出作品137幅。研讨会"发言摘要"载《中国画研究院通讯》总第15期。

11月12日至21日，与中国美术家协会等共同主办的"**孙大石书画回国汇报展**"在中国美术馆举行，展出作品80余幅，在本院举行的座谈会"发言纪要"载《中国画研究院通讯》总第16期。12月，又移展于济南山东省美术馆。

11月，与日本国日中水墨画交流协会共同主办的"**第5届（总第9届）日中水墨合同展**"在日本举行。

12月，《中国画研究》丛书第7集"现代人物画研究专辑"、"近代中国画研究专辑"由人民美术出版社出版。

12月22日至26日，与西安师大共同主办的第三次"**中国画现代人物画创作**

"研讨会"在西安举行，来自全国的40位画家出席。详见《中国画研究》画刊第10辑。

1994年 甲戌

3月15日至20日，独家主办的"谢志高、龚文桢人物花鸟速写作品展"在本院展览馆举行。

5月10日至21日，与中央美术学院等共同主办的"蒋兆和诞辰90周年纪念展"在中国美术馆举行，展出不同时期的素描、油画、雕塑、中国画作品41件。同时举行了3天的研讨会，发言及论文见《中国画研究》丛书第9集"蒋兆和研究专集"，并见《中国画研究》画刊第10辑。

8月7日，院务委员刘海粟先生在上海逝世，享年98岁。

夏，王迎春当选为第七届全国妇联委员。

9月7日至12日，与中国美术家协会等共同主办的香港著名学者"饶宗颐教授书画展"在本院展览馆举行，并举行了座谈。

10月6日，原院长李可染旧居暨新建的李可染艺术陈列馆在徐州正式开放。

10月，《中国画研究》丛书第8集"傅抱石研究专集"由人民美术出版社出版。

11月，《中国画研究》画刊第10辑由长征出版社出版。

1995年 乙亥

2月11日，解永全任本院副院长，赵榆不再担任本院副院长。

5月8日，原副院长叶浅予先生在京逝世，享年88岁。

6月15日至20日，与中央美术学院、中国美术馆等共同承办的纪念徐悲鸿诞辰100周年系列活动，包括"徐悲鸿诞辰100周年纪念展"、"纪念徐悲鸿诞辰100周年纪念大会"和"纪念徐悲鸿诞辰100周年国际学术研讨会"等。

8月16日至24日，独家主办的"纪念反法西斯战争胜利50周年抗战美术纪念展"在本院展览馆举行，展出李可染、叶浅予、彦涵、古元、丁聪及中青年画家作品200件，并举行了座谈会。

9月12日至17日，与中国美术家协会、中国工笔画学会共同主办的"中国工笔画学会女画家作品展"在中国美术馆举行，展出50位女画家的作品78件，以此祝贺第四次世界妇女大会在北京举行。

10月4日至14日，与日本国日中水墨画交流协会共同主办的"第6届中日水墨合同展"在日本东京都美术馆举行，中方30位画家的30幅作品和日方193位画家的193幅作品入展。中国画研究院代表团解永全（团长）、赵力忠、吴迅赴日进行文化交流。

10月31日至11月5日，独家主办的"全国山水画研讨会"在江苏无锡太湖国家旅游度假区举行，20余位画家出席。详见《中国画研究》画刊第11辑，并见《中国画研究院通讯》总第23期。

11月1日至5日，独家主办的"张力与表现水墨展（1995）"在中国美术馆举行，11位中青年画家的89件作品入展，并举行了学术座谈。

11月5日（农历9月13日），在本院为何海霞先生举行88岁（虚岁）华诞祝寿活动。

11月，独家主办的"中国画研究院藏画展览"在本院展览馆举行。

11月，《中国画研究》画刊第11辑"全国山水画研讨会专辑"由长征出版社出版。

12月2日至7日，与河南省国画院共同承办的"太行魂—红旗渠风情画展"在中国美术馆举行，京、豫两地15位画家的50件作品入展，"研讨会纪要"载《中国画研究院通讯》总第24期。

12月10日至18日，应台湾社团法人沈春池文教基金会邀请，刘勃舒院长作为大陆美术馆馆长、美院院长学术访问团成员之一，赴台湾进行美术交流活动。

年底，赵卫当选为第八届全国青联代表。

1996年 丙子

1月21日，院务委员周思聪在北京逝世，享年57岁。

4月16日至21日，独家主办的"全国花鸟画研讨会"在江苏无锡太湖国家旅游度假区举行，30位画家出席，"述评"载《中国画研究院通讯》总第26期，详见《中国画研究》画刊第12辑。

5月，《中国画研究》画刊第12辑"全国花鸟画研讨会专辑"由长征出版社出版。

6月1日，院务委员谢稚柳先生在上海逝世，享年87岁。

6月29日至7月2日，与日本国日中水墨交流协会共同主办的"中日水墨画合同展"在日本举行。舒建新、刘昆、吴一娜赴日参加交流活动。

8月13日至18日，与中国美术家协会等共同主办的"李宝林甲子画展"在中国美术馆举行，展出作品68幅，"座谈会发言摘要"载《中国画研究院通讯》总第27期。

10月15日至20日，独家主办的"全国人物画座谈会"在江苏无锡太湖国家旅游度假区举行，20余位画家出席，"述评"载《中国画研究院通讯》总第27期，详见《中国画研究》画刊第13辑。

10月18日至26日，与中国美术家协会等共同主办的"情系井岗—中国山水画创作展"在本院展览馆举行，展出15位画家80余幅以井岗山为题材的新作。"座谈会发言摘要"载《中国画研究院通讯》总第27期。

12月，《中国画研究》画刊第13辑"全国人物画研讨会专辑"由长征出版社出版。

1997 年　丁丑

3月7日，"何海霞捐赠作品仪式"和"何海霞捐赠作品展览"开幕式在中国美术馆举行，所捐赠46幅作品分别由中国画研究院和中国美术馆各收藏23幅。6月27日，何海霞又将所得20万元奖金悉数赠于甘肃裕固族红湾小学，支持少数民族教育事业。

4月9日，院务委员吴作人先生在京逝世，享年89岁。

4月23日，原副院长黄胄先生在广州逝世，享年72岁。

4月26日至5月3日，与中国美术家协会等共同主办的"魂系山河—庆香港回归祖国李延声画展"在中国革命博物馆举行，展出近64米的巨幅长卷《魂系山河》及名人肖像等作品66幅。《魂系山河》（缩印卷）由人民美术出版社出版发行。

4月29日至5月4日，与中央美术学院研究部共同主办的"当代山水印象—1997中青年山水画邀请展"在中国美术馆举行，15位画家的138幅作品入展。以"当代山水的精神归趋"为题的"座谈会发言摘要"载《中国画研究院通讯》总第30期。

5月6日至17日，"中国画研究院写生创作汇报展"在本院展览馆举行，展出作品1200幅。

5月28日，院务委员吴作人艺术馆在江苏苏州开馆。

6月25日，院务委员关山月美术馆在深圳开馆。

9月9日，独家主办的"邢少臣画展"在中国美术馆举行，展出作品60幅，并举行了座谈会。

11月17日，由本院牵头主持的"三峡刻石第一观"揭幕仪式在湖北武汉举行，来自北京、广东、浙江、四川、湖北、甘肃、江苏、江西、贵州、黑龙江、山西、河北、台湾、香港、澳门、新加坡、马来西亚等地的100多位书画家出席。"三峡刻石"工程始于1994年，共刻有113位国内书画家、22位海外画家的146件书画作品和137方印章。湖北人民出版社出版了《世界华人画家三峡刻石》画集。

12月12日，至27日，与中国美术家协会等共同主办的"谢志高画展"在深圳市关山月美术馆举行，展出作品200幅。

1998 年　戊寅

3月，院长刘勃舒当选为第八届全国政协委员。

6月15日下午，文化部部长孙家正来院视察工作并作重要讲话。

7月24日至29日，与中国美术家协会共同主办的"陈向迅、赵卫、陈平、卢禹舜'四人山水'展"在中国美术馆举行，展出作品22件。"研讨会发言摘录"载《中国画研究院通讯》总第34期。

8月2日晚，院长刘勃舒向中国人民解放军四总部赠送由龙瑞、陈平、舒建新、刘昆、赵卫合作的4米×2米巨幅山水画《砥柱中流》，以感激四军将士在当年抗洪抢险中的英勇壮举。

8月5日，院务委员、驻院画家何海霞先生在京逝世，享年90岁。

9月9日至12日，院长刘勃舒在中国美术家协会第五次全国代表大会上当选为副主席。

9月22日至24日，与陕西万达技术服务公司共同主办的"'98中国画学术研讨会"在西安举行，40余位画家、理论家和新闻记者出席。"论文摘录"载《中国画研究院通讯》总第35期。

10月16日，原副院长叶浅予先生家属根据叶先生遗愿，将中国画作品10件、画稿815幅、速写4860幅捐赠本院永久收藏。

11月10日至22日，与李可染艺术基金会共同主办的"'98中国山水画展"在本院展览馆举行。展出作品140余件。

1999 年　己卯

5月8日至9日，在江苏苏州举行的中国美术家协会第二届中国画艺术委员会成立大会上，李宝林当选为副主任。

7月3日，院务委员关山月在广州逝世，享年89岁。

7月28日，院务委员田世光先生在京逝世，享年83岁。

8月3日至18日，"馆藏何海霞作品陈列展"在中国美术馆举行。

8月5日，独家主办的"纪念何海霞先生逝世一周年座谈会"在本院举行，来自陕、晋、鄂、冀、津及在京的60余人出席。"发言摘录"载《中国画研究院通讯》总第38期。

8月10日，院务委员宋文治在南京逝世，享年80岁。

8月17日至26日，与中央美术学院等共同主办的"李苦禅百年诞辰纪念展"在中国美术馆举行。"座谈会发言摘录"载《中国画研究院通讯》总第39期。

11月24日至12月1日，与中国美术家协会等共同主办的"李伯安画展"在中国美术馆举行，展出包括2×121.5米巨幅长卷《走出巴颜 客拉》等作品数十件。

12月13日至15日，独家主办的"世纪回眸—李伯安艺术研讨会"在河南洛阳举行，来自全国的40多位美术家出席。

2000 年　庚辰

5月18日至21日，与广西艺术学院等共同主办的"锦绣中华万里行·桂林篇"在中国美术馆举行，展出10位画家的作品60件，广西美术出版社出版了同名画集。"笔谈"载《中国画研究院通讯》总第41期。

5月27日，院务委员**黄润华**教授在京**逝世**，享年68岁，

6月，历时三年由本院主持编辑的《当代中国画院》由江苏美术出版社出版。是书由两集组成，第1集为中英文对照的文字资料，介绍了中国画研究院、北京画院、上海中国画院、江苏省国画院、广东画院、陕西国画院、四川省诗书画院等共计31所政府办画院的院址照片、画院的发展历程、组织现状和633位画家履历和业绩；第2集为作品集，收录上述画院中327位画家的作品327件。为了解当代中国画院现状提供了一份完整、准确的权威资料，填补了国家在这方面出版的一项空白。

9月11日至22日，独家主办的"**中国画作品系列（四川地区）邀请展**"在本院展览馆举行，展出15位画家作品90件。

9月12日至17日，与中国美协中国画艺委会等共同主办的"**王憨山艺术展**"在中国美术馆举行，展出作品172件，并举行了学术座谈。

10月7日，院务委员、驻院画家孙瑛先生"**孙大石艺术馆**"在其故乡山东省高唐县正式开馆，副院长解永全率院职工代表亲往祝贺。

10月26日至30日，独家主办的"**王天一画展**"在本院展览馆举行，展出作品约150件。"座谈纪要"载《中国画研究院通讯》总第44期。

10月，《中国画研究》画刊第14辑由中华书局出版。

11月3日至2001年3月28日，前院长"**李可染世纪艺术展**"先后在台北国立历史博物馆和高雄市立美术馆举行，展出作品125件。

12月26日至28日，由文化部艺术局主办、本院承办的"**全国画院工作座谈会**"在北京举行，全国31所画院的院长及画院上级主管部门代表70余人出席。文化部副部长潘震宙代表孙家正部长到会并作重要指示，艺术司司长冯远作主题发言。会议期间，还举行了大型典籍《当代中国画院》的首发式。座谈会"资料汇编"集结为《中国画研究院通讯》总第43期增刊，"发言摘要"载总第44期。

12月，《中国画研究》画刊第15辑由中华书局出版。

2001年　辛巳

4月1日至26日，与中国美术家协会等共同主办的"**李伯安画展**"在上海美术馆举行，展出《走出巴彦客拉》及其它作品数十件，并举行了艺术研讨会。

4月20日至29日，独家主办的"**中国画作品系列（河北地区）邀请展**"在本院展览馆举行，展出15位画家作品150件。

5月10日至19日，独家主办的"**中国画作品系列（甘肃地区）邀请展**"在本院展览馆举行，展出15位画家作品百余幅，进行了两次学术座谈，"纪要"载《中国画研究院通讯》总第45期。

5月22日至27日，与李可染艺术基金会等共同主办的已故院务委员"**黄润华作品展**"在中国美术馆举行，展出作品82件，广西美术出版社出版了《黄润华作品集》，"研讨会侧记"载《中国画研究院通讯》总第46期。

6月5日至14日，独家主办的"**中国画作品系列（广西地区）邀请展**"在本院展览馆举行，展出15位画家作品百余幅，"研讨会纪要"载《中国画研究院通讯》总第46期。

6月17日，本院特约画家**梁天柱**先生**在青岛逝世**，享年86岁。

7月5日至9日，独家主办的"**王榆生作品展**"在本院展览馆举行，展出作品近70件。"研讨会摘要"载《中国画研究院通讯》总第46期。

7月5日，院务委员"**蒋兆和艺术馆**"在其故乡四川省泸州市博物馆内正式开馆。

7月18日，与黄宾虹艺术馆共同主办的"**中国画教学研讨会**"在浙江省金华市举行，全国11所美术院校代表及专家学者30余人出席，"纪要"载《中国画研究院通讯》总第46期。

7月，《中国画研究》丛书第9集"蒋兆和研究专集"由人民美术出版社出版。

8月，本院艺术交流中心编辑的《水墨》第1辑由西苑出版社出版发行。

9月15日至24日，独家主办的"**中国画作品系列（云南地区）邀请展**"在本院展览馆举行，展出15位画家作品244件。

9月28日至10月12日，与金华市人民政府等共同主办的"'**黄宾虹奖'高等美术院校中国画新秀作品展**"在本院展览馆举行，展出全国11所院校青年师生作品85件。山东美术出版社出版了作品集。"座谈会发言"载《中国画研究院通讯》总第47期。荣获黄宾虹奖作品点评载《水墨》第2辑。

9月30日至10月21日，与文化部艺术司、中国美术家协会、中国美术馆共同主办的"**百年中国画展**"在中国美术馆举行，展出近百年542位作者作品551件（集体创作以一位作者计算）。人民美术出版社出版了两集本《百年中国画集》，10月10日至13日在京举行了"**百年中国画学研讨会**"，60余人出席，"简述"载《中国画研究院通讯》总第47期。

10月，本院艺术交流中心编辑的《水墨》第2辑由西苑出版社出版发行。

10月31日至11月8日，由本院和北

京画院、上海画院、江苏省国画院、广东画院、陕西省国画院和四川省诗书画院共同倡议发起，文化部艺术司、陕西省人民政府主办，本院与陕西省国画院承办的"**全国画院双年展·首届中国画展**"在西安新落成的陕西省美术博物馆举行，全国30所画院的316件作品入展。(考虑到这是首次全国画院的大型展出，不好完全局限于近两年的新作，故而特别征集了一批已故当代大师名家的作品68幅作特别展出，以期全面，历史地展现40余年画院的实力与成就)陕西人民美术出版社出版了展览画集。31日全天，在陕西省图书馆新馆学术报告厅举行了题为"世界性·现代性与中国画发展的自身逻辑"专题学术报告会，冯远、王春立、郎绍君、李陀、洪惠镇、罗世平、王宁宇等作专题演讲。11月1日至2日，部分代表以出席了文化部艺术司在西安召开的"**全国美术创作工作座谈会**"。报导载《中国画研究院通讯》总第47期。

11月22日，院务委员**王晋元在昆明逝世**，享年63岁。

11月30日，**龙瑞调任**中国艺术研究院**美术研究所所长**。

12月1日至9日，由文化部艺术司主办、本院独家承办的"**聚焦西部—中国画家西部行作品展**"在中国美术馆举行，展出25位画家的作品100件。此次活动筹备于2000年夏初，当年8月18日，正式启动，文化部部长孙家正、副部长潘震宙、艺术司司长王文章、中国画研究院院长刘勃舒和美术界、新闻界朋友数十人为由艺术司副司长雷喜宁、美术处处长刘国华率领的赴西部采风的画家送行。19日，甘肃省文化厅在兰州组织了"聚焦西部——部分知名画家西部采风创作座谈会"，嗣后大家分赴各地采风写生。接着开始历经一年多的精心创作。河北教育出版社出版了《聚焦西部·中国画家西部行作品集》。开幕当日，又举行了座谈会。座谈会发言摘录载《中国画研究院通讯》总第47期。

12月，本院艺术交流中心编辑的《水墨》第3辑由西苑出版社出版发行。

12月底至2002年春，拟举行系列活动，**庆祝建院20周年**。

本稿在整理过程中，除依靠个人近20年搜集的材料和笔记外，还曾参阅了《中国画研究》、《中国画研究院通讯》及多种报纸、书刊及画集等，并得到院办公室、创作研究部、资料室、档案室、展览馆和全院同仁的大力支持，还得到华君武、丁井文、邹佩珠等先生提供咨询，在此一并致谢！但由于时间仓促，难免仍有漏误，敬请不吝指正。

力忠 谨具于2001年12月11日注：本《纪事》二稿载《中国画研究院通讯》总48期.

何海霞 燕山雨后 48×61cm 1994年

画家作品选
中国画研究院成立 20 周年

陆俨少
云壑幽居
95cm × 45cm
1981 年

李可染
雨后夕阳图
70cm × 46cm
1985 年

蒋兆和
飞流直下三千尺
131cm × 66cm
1979 年

张 仃
汉柏
70cm × 72cm
1979 年

亚 明
峡江烟云
67cm × 90cm
1981 年

黄胄
赶驴图
68cm × 45cm
1979 年

孙其峰
麻雀
136cm × 66cm
1980 年

吴作人
奔牛
70cm × 47cm
1979 年

郑乃光　山鸡　132cm × 68cm　1979 年

田世光　花鸟　120cm × 69cm　1981 年

刘海粟
荷花
132cm × 66cm
1978 年

右页左上图
王雪涛　四喜图
136cm × 68cm　1978 年
右页右上图
蔡若虹　女娲补天
82cm × 62cm　1987 年
右页左下图
李苦禅　菜蔬赏清心
35cm × 46cm　1979 年
右页右下图
唐　云　美人蕉
68cm × 45cm　1979 年

左　页
黎雄才
松月图
121cm × 70cm
1980 年

漫话画马两千年

■ 余辉

人们常说:"马通人性,马解人意。"几十万年前,人与马各自为生,新石器时代晚期,人类的生产力水平大有提高,他们用一根套马杆拢住了奔腾不羁的野马,人与马的心灵沟通了,从此,马,成了人类的千年知己。

当人们将对马的精神感受化作笔墨时,相继诞生了白画(后来演化成白描)、工笔重彩、兼工代写、写意和大写意等绘画形式和造型语言。不妨说,绘画史上的几次大的艺术变革,有的就是借画马而发生的,无论是唐代张萱的工笔重彩、还是北宋李公麟的白描,乃至现代徐悲鸿的写意、当代贾浩义的大写意等,都是选择了画马作为艺术变革的试验场。这就是说,马的天然特性所显现出的各种美感与人类的精神追求和艺术理想达到了无与伦比的默契。马,它被人格化了的道德精神和勇悍雄强的体魄,永远是人类画马的创作动力。

画马是畜兽画科的重要部份,由于

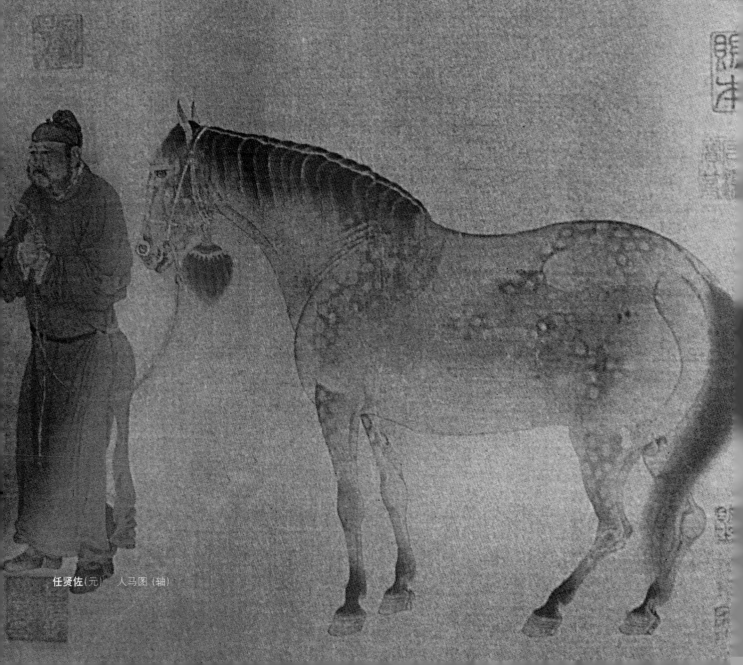

任贤佐(元) 人马图(轴)

人类与鞍马建立了亲近的生产、社会、征战和娱乐关系，画家们常常将人与马绘于一图，这是其它动物画所不多见的，在绘画史上，古今美术史家、画家称此类绘画为"人马画"或"鞍马画"，后者更加强调马匹已作为人类的坐骑。

新石器时代晚期，先民驯化了弱小动物后，最终征服了马。人与马的主从结合，标志着原始生产力的进一步解放。马既是农耕业的畜力来源，又是畜牧业的支柱，它那被人格化的道德精神和勇悍雄强的体魄感染了无数文人墨客和各类艺术家，成为不朽的艺术主题。

人马画经历了漫长的萌生阶段。它萌发于中原从事农耕业的汉族和北方草原民族，早在属于新石器时代的阴山、阿尔泰山等地的岩画和殷商甲骨文及商周青铜器上，都有人与马的艺术形象。人马原始艺术家多以正侧面来捕捉人马的大体大势，稚拙淳朴中还包含了对马的占有欲望和其它原始宗教的意味。至西汉末年，人马画渐渐地出现在绢帛和壁面上。

人马画是一个复合性的画科，它汇集了人物画和鞍马画，以表现人与马的活动为主，构成某些历史画、军事画、风俗画和射猎、游乐等题材绘画的基本要素。人马画是中华民族间文化交融的产物和中西文化交流的结晶，它经历了萌生、成长、成熟三个历史阶段，在成熟后的唐、金、清三朝中，分别涌现了人马画的创作热潮。

成熟期：东晋顾恺之《洛神赋图》卷(宋摹)中人马细腻传神的画艺和他对人物画理论的巨大贡献具备了人马画独立成科的艺术条件。南齐毛惠远的画马专著《装马谱》(今佚)标志了人马画已孕育成独立的画科。毛惠远在南梁武帝时，官少府卿，笔下之马，时称"第一"，曾作《骑马变势图》等。

北齐杨子华是北方擅长人马画的杰出画家，官至员外散骑常侍，他把精湛的写实技巧施于壁上，竟使人在夜间如闻啮蹄长鸣和吸水嚼草声。今在山西太原王郭村出土的娄叡墓壁画《仪卫出行和归来图》等，强劲雄健的线条塑造了丰颐厚唇的卫士和精神饱满的骏马，极可能是在杨子华影响下的人马画风格。

强调写实的表现手段经隋代兼擅画车马的展子虔和杨契丹等人的承传后，在唐代日渐完善，出现了一大批专擅人马画的名家，构成了画史上第一次人马画高潮。

牧马是唐代富国强兵的根基，"贞观之治"时，由国家经营的马场即"牧监"，聚马达70多万匹，极大地稳定和繁荣了唐朝社会，恰如杜甫所吟："万里可横行"。

人马画家笔下的神骏更是形象地记录了这个时代的强音。唐代人马画家可分为两类，画风迥然有异，都对后世产生了范本作用。

一类是皇亲和御用画家，他们多画禁中御马，画风瑰丽精整，气度高迈雄放。如宗室里的汉王、岐王、宁王和江都王等皆擅画马，唐明皇常品评诸王的画迹，赞赏了"无纤细不备"的写实精神。官左武卫大将军的曹霸及其门人太府寺远韩干实践了这一审美要求，曹霸画马以气势夺人，神采飞动，韩干的独创在于重"画肉"，他专画膘肥浑厚的马匹，以壮雄姿，今传有《照夜白》页和《牧放图》页。在唐宫，大凡人物画家，都长于此道。

另一类是浪迹在社会下层的画家，他们以广阔的原野为人马的背景，表现出野朴简放的艺术风格。如韦偃，曾官少府监，后久寓成都，他的用笔得益于画松，苍老稳健，把人马疏密有致地广布在川源和丛林中，唐代朱景玄评他"以越笔点簇鞍马人物……或腾或倚，或龁或饮，或惊或止，或走或起，或翘或跂，其小者或头一点，或尾一抹……曲尽其妙，宛然如真。"极富野情野趣。韦偃还以草原上的野驴入画，曾作《放驴图》等多幅。

五代人马画承唐人余绪，后梁驸马都尉赵嵒以其华贵的画风最为出众，传有《八达游春图》。辽代早期的契丹画家胡*、胡虔父子和由辽入后唐的东丹王李赞华，皆展现了契丹民族的游猎生活，惜其真迹皆佚。

两宋朝廷，重文轻武，不理马政，哲宗当政时，西域进贡八匹名马，直至病亡，都未换来哲宗一阅。作为襄扬武功的人马画不可能受到足够的重视，画院画家多停留在摹写唐代人马画上。

北宋后期文人画家李公麟的人马画异军突起，将白描作为一个独立的画种确立起来，在人马画里注入简澹蕴藉的文人气格，发展了唐代韦偃崇尚质朴的画马传统。李公麟对韦偃的承传和演化的关系集中在他的《临韦偃牧放图》卷上，他的独创精神凝聚在白描《五马图》卷上，对人的种族、个性、地位和马的精神状态、品种等把握得十分精到，写心传神的能力远胜唐人。

南宋的人马画家们面对北方强敌金国，无心沉湎于文人风格的人马画，竭尽以人马画表现历史故实，以求民族和解和朝政中兴，如萧照《光武渡河图》、陈居中《文姬归汉图》、刘松年《便桥会盟图》等。

金代女真人是以游牧为主的民族，金太祖先后废除马殉，海陵王辟良田为牧场，世宗诏禁盗、杀马匹，奖掖善牧精射者，极大地繁荣了马政事业。皇室贵戚在杨邦基等汉族文人画家的熏染下，师仿李公麟的画风，促使金代成为第二次人马画高潮。

马匹渗透到女真人生活的各个方面，《卓歇图》卷是金代的早期人马画，画女真贵族与南宋使臣在游猎时的短歇，画风既留有辽代契丹人墓室壁画粗豪简括的余韵又始现精微，显示了画家在大场面中巧妙地处理人马动静、聚散的艺术能力。

金世宗和章宗时期，人马画达到了当时的最高成就，以杨微《二骏图》卷和张瑀《文姬归汉图》卷最为著称。前者画一女真族驯马手，娴熟的中锋线条在停顿和跳跃、凝重与轻盈的节奏变化中揭示出草原民族勇悍、粗犷的个性；后者描绘了蔡文姬在汉、匈奴侍从的护卫下返回汉朝途中风尘仆仆的情景，作者脱出李公麟恬淡儒雅的情调，确立了金代人马画刚劲雄放与顿笔求稳的线描风格。

以爱国为题材的人马画家还有赵霖，作《昭陵六骏图》卷，向往着奋进向上的大唐帝国，代表了这个时期汉族画家普遍存在的精神情绪。当这种思想无补于世的时候，在金末至元，人马画家如姚子

昂、韩将军等，借画瘦马表述了凋零失落的悲悯之情，深化了人马画的思想内涵。

由南宋入元的文人画家龚开在《瘦马图》卷里也深吐出同样的感叹，他以淡墨层层干擦马的肌肤，皴出阴阳和质感，造型瘦而不弱，蕴含了沉重的精神力量。

在赵孟頫统领的元代画坛，以"崇唐"、"师古"为艺术宗旨，人马画出现了赵孟頫家族(子麟、孙凤等)和任仁发家族(子贤才、贤佐等)两大阵势。赵孟頫荣际五朝，官翰林学士承旨，生活于上层社会，倾心于表现典雅华丽的气息和类同李公麟笔墨清澹的文人情趣，有《秋郊饮马图》卷、《调良图》册页传世。任仁发父子为地方官吏，悉心于展现中、下阶层淳厚雄丽的审美意趣和愤世嫉俗的思想情感，如任仁发的《二马图》卷各画一匹肥马和瘦马，分别喻贪官和廉臣。任贤佐的《三骏图》卷描绘了域外民族向元廷进贡名马的情节，画风带有民间水陆画的笔致。

由于元代龚开、赵孟頫等文人画家重新步入人马画坛，引发出明、清两代一大批朝、野文人画家热衷于该画科的艺术现象。

马是仕宦的坐骑，象征着森严的等

级，驴、骡虽属马科，只能是农家的工具，文人画家画寒士策驴或以此来点景山水，寄寓了向往山林的隐逸之情或离官还民的消遥之心。他们借鉴了写意山水和花鸟的用笔，利用毛茸茸的驴体与毛笔的特性，拓展到意笔乃至没骨画驴，这是人马画技法由工到写的先声。明、清两代，寒士策蹇广泛出现在山水画中，如明代方以智、程嘉燧、张宏和清代金廷标、朱文新、郑心水等画家，十分醇熟地将这两个题材融汇合一，成为文人墨客的赏玩。

明代宫廷画家的人马画多以皇室行乐和内厩御马为主题，注重唐人的风格，但色彩和线条趋向简括，终未在朝中形成势潮，最为著称的是商喜《宣宗出猎图》卷。

清代雍正、乾隆时期，西方传教士画家郎世宁、艾启蒙、王致诚等纷纷供奉清法意味着人马画第三次高潮的来临，他们传入了欧洲的透视学、解剖学、色彩学等科学的写实艺术，渗透到中国传统的人马画中，表现手法空前精确和细腻，受其影响的宫廷画家有丁观鹏、徐扬等多人，他们强化了它的政治功用和纪实功能，奉旨精绘了许多关于清廷时政、边塞战争、皇室出猎等巨作，描绘皇室的游猎

黄宗道（北宋）　射鹿图（卷）

和行乐活动则更多，郎世宁曾作《弘历阅骏图》、《马术图》等。画中充分运用了透视技巧，从各个角度展现了马的形态，甚至穷尽了马的品种，但人马未能显出唐人雄壮雍容的气度和金人简放豪迈的气格。

近、现代，面临帝国主义的侵略和民生凋弊，人马画家关注的是国家兴亡，以明比和暗喻的手法催人奋起抗争。海派画家任颐和门人倪田屡画《关河一望萧索》，对北疆国土的沦陷深表忧患；现代画马大师徐悲鸿、沈逸千分别绘有《哀鸣思战斗》和《神枪手》等抗日名作，赵望云的《难马图》，描绘了北方难民流离失所的悲惨情景，人马画的艺术作用首次面向民众、面向社会，与文人赏玩和朝廷御用分道扬镳。

人马画以纸绢为绘画载体已有2000年左右的历史，几乎代代延续了工笔的写实技巧，只是在审美趣味上各有变化，而人物、山水、花鸟等画科的历史与人马画相近，工笔与写意、没骨之间的时间间隔仅三五百年，人马画是经过明代意笔画驴后，在清代中期才有一些文人以意笔画马，如高凤翰的指画、"扬州八怪"中的金农、罗聘等，以简括的几笔外轮廓线勾划出外形。没骨画马的历史只有100年，任颐、倪田、任霞等力求作没骨马，可贵的创新精神未使他们如愿以尝，都将马体画成不合解剖结构的墨团。而谙熟解剖艺术的宫廷传教士画家及门人囿于皇家的审美意识和谨弱的笔性，难以一展雄风。

真正突破这一笔墨难关的是徐悲鸿，在20世纪三四十年代，他一方面基于前人的笔墨成就，另一方面得益于精通西方马体解剖学，更以胆识为先，纵笔之下，开创了没骨画马，肌肤与水墨相融，

赵　嵒(五代)　八达游骑图（轴）

人的境界与马的精神相合，使现代人马画的精神风貌和水墨技巧产生了巨变，在人马画发展史上具有划时代的意义。

当代人马画家的画风形成大多经历过从工笔到写意的过程，艺术成就主要集中在包括没骨的写意画中，李公麟儒雅的人马画风已不再广受追摹，李氏所反映的时代精神已成为过去的历史。工笔画风主要得益于唐、宋，写意画风在不同程度上都受到徐悲鸿的影响，这在老

画家中更为鲜明，成就突出者越出徐悲鸿的樊篱，自成一体。黄胄以没骨画驴的手法与生活速写相结合，扩展到人马画中，展示了人马雄强、豪迈的精神状态。刘勃舒怀着丰富的生活体验，化作顿挫有力的线条，敷染苍劲的笔墨，把徐悲鸿的没骨画风发挥到了极致。更多的老画家不惜以毕生的精力继承和传扬了徐悲鸿的笔墨艺术，形成了一个庞大的资深的笔墨型人马画家群体。

中年人马画家的画艺已步入成熟，贾浩义、杨刚最为出众，他们所表现的人马不是具体的、个别的某人某马，而是生活节奏日益加快的当代文明在作者心中涌起的激情，他们更加拉开了与徐悲鸿风格的距离，在艺术上不拘陈格、勇于创新，探索出各不相同的艺术语言，共同进发出时代的心声。

杨力舟是一位出色的人物画家，他以雄厚的人物画造型基础观照画马艺术，他笔下的马，在造型上吸取了一些立体主义和结构主义的表现手法，巧妙地融入中国画的笔墨里，真正体现出了马的速度感。画家在吸收西方现代绘画时，表现出极强的包容性，而不失中国绘画的本色。

在当今人马画画坛中，还有一支以工笔画马劲旅，他们更以工笔淡彩尽显其艺术风华，工笔人马画家的用心主要集中在抒情上。其主要代表为胡勃、纪清远、李爱国等中年画家。

艺术源于生活，艺术高于生活，艺术是社会生活的形象反映。这在人马画的两千年历史长河中表现得尤为突出。

无论社会发展怎样进步，人类都会在马的身上去发现、去寻找自我、超越自我。人与马主从结合，产生出了内含那么丰富的农业文化、工业文明、军事力量、体育竞技，还有本书所一直叙述的与马有关的艺术。与马有关的文化，将随着人类对马的更深层的人文认识、艺术表现，使其进入更新、更高的文化空间。

韩 幹〔唐〕 牧马图〔卷〕

赵孟頫(元)　浴马图（局部）

左页上图
佚 名（金）
卓歇图（卷）（局部）
左页下图
郎世宁等（清）
哨鹿图（轴）

任 颐（清）
洗马图（轴）

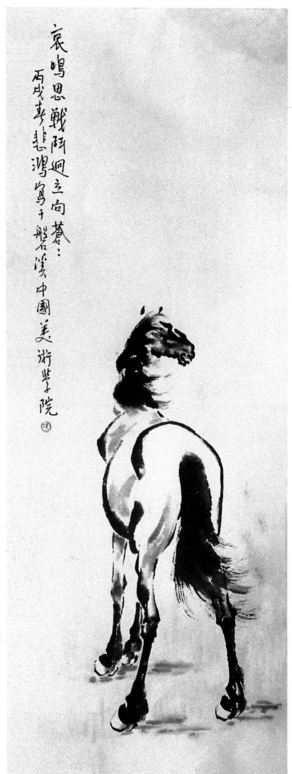

衰鸣思战阵 迥立向苍苍

丙戌春悲鸿写于磐溪中国美术学院

徐悲鸿（当代） 战马图

刘勃舒（当代） 墨马

黄 胄（当代） 套马图

杨 刚（当代） 草原风

观念问题与当代中国画笔谈

编者手记:

　　观念的变革,或者曰观念的冲击,对于当代中国画究竟意味着什么? 这既是一个理论问题,更是一个实践问题。其实这个问题的提出已近 20 年之久,现在再来谈这个问题,应该是更具现实针对性的——因为无论理论家还是实践家都有经验背景了。

　　本期特邀在理论研究和创作实践上颇有成就的6位画界朋友,参与有关"观念"问题的讨论,他们的谈话,对当前中国画问题的思考具有启示意义。

时　间: 2002 年 1 月 15 日

地　点: 中国画研究院《水墨》编辑部

主持人: 邓平祥

特邀嘉宾: 谢志高、邹跃进、田黎明、刘进安、唐勇力

邓平祥(以下简称邓): 今天讨论的话题是"观念、文化思潮和当代中国画的创作、变革的关系"。"观念"已不是一个新的理论问题了,观念问题在今天主要是一个实践问题,今天谈这个问题带有清理的意思。

80 年代油画界在黄山召开过会议,主题就是观念变革问题。改革开放 20 年来,观念的提出对中国画的创作产生正面和负面的影响,都已从实践中体现出来了。在座的各位都是在创作上很有成绩的国画家,也是在创作中体现出思想力量的画家,请你们来谈这个问题更有说服力。

观念这个概念现在已变得十分混乱,我认为有必要把观念拉到本质的、本体的概念上去。哲学词典上的观念是看法、思想、思维活动的结果。首先要明确的是,观念是一个与艺术关系非常密切的,更多地表现为外部问题,当然也包括内部问题,既有精神法则的观念问题,也有形式法则的观念问题。而精神法则观念又可分为人的观念、文化观念、艺术观念等。形式法则观念又可分为造型观念、色彩观念、笔墨观念等。纵观美术史,每一个大的时代,观念思潮的活跃、变革将带来艺术的大变革和大繁荣,比如"五四"运动、西方美术运动都证明了这一点,这

是艺术史的一个事实。对艺术而言,观念是一个思想资源,不是形式资源。思想资源和形式资源又是互动的关系。

现在又提出了观念绘画(或曰观念艺术),这是从西方观念艺术发展过来的,它在艺术中把观念放大了,观念已超出形式的范围。中国当代的思潮中,包括水墨艺术都有观念绘画的样式和说法。我们今天谈的不是观念的绘画,主要是谈艺术与观念的关系。艺术概论中说,思维不能大于形象,反之就违反了艺术的基本规律。政治和社会学家说"文化是制度之母",同样,文化也是艺术之母。可以说现存的文化都是观念文化,它是由较低级的感官文化发展起来的,因此,没有观念的艺术事实上是不存在的。观念带有很强的文化色彩,从历史和美学上看,艺术和文化同构,因为艺术本身就是文化的一部分,对此,我觉得大家都应该有不少体会,下面请大家谈一谈看法。

邹跃进(以下简称邹): 从理论和艺术史的角度看,观念是建构艺术的重要力量之一。比如中国画,尤其是文人画,实际上就是在许多观念的互动中,在长时段的历史发展中,逐渐建构起来的。以文人画中的山水画为例。它的起点就是基于先秦时期的老庄道家哲学和周易、阴阳五行观念中的宇宙论。这些观念集

中表达了人与自然、与宇宙的关系,以及人在自然面前所应采取的态度。但是,这些观念要到魏晋时期随着佛教的兴起,才开始与艺术,也即山水画相结合。这也就是说,发生在先秦时期的宇宙观念,人与自然的观念到了魏晋时期,才在艺术中建构起了题材,即自然界中的山水。但从当时的画论中都可以看出,当时的山水画是有颜色的,所谓"以形写形,以色貌色"。到了中晚唐时期,文人山水画才开始在山水这种题材的基础上,考虑它的表达方式,也即今天所说的艺术语言的问题。"水墨至上"、"墨分五色"的艺术表达方式在此时被确立起来。很显然这种把水墨价值推向极至的观念,显然是与道家的"五色令人目眩"、"大象无形"的审美观念相一致的。到了宋代,文人画中的"逸品"概念开始出现,并受到推崇,米芾的山水从一个角度表达了文人眼中的山水与凡夫俗子眼中的山水之区别。元明清在文人山水画方面的成就则体现在用不同的笔墨语言,创造出了许多不同的艺术样式,不同的墨法和笔法,不同的流派和风格,使中国文人画中的山水画达到了至善至美的境界。但是,我想说的是,在这个至善至美的山水境界中,从开始到完成,都与中国早期的哲人所阐发的人与自然的观念,特别是老庄哲学

邹跃进

谢志高

邓平祥

中"自然无为"的观念息息相关。也许正是由于从观念到艺术的完美，花费了中国文人2000多年的时间，消耗了无数人的智慧和心血，文人画中的山水画才显得那样的至善至美。所以，从这个例子我们可以看出，观念，不仅是外在于艺术的推动力，而且也是建构艺术语言，艺术形象和意义的重要力量。

从西方艺术史的角度看，古典主义作为一种最有影响的艺术，也是从观念开始的，从古希腊的具有神学和自然哲学双重含义的宇宙论开始的，他们也花费了2000多年的时间，才形成了西方古典主义艺术博大精深的体系，与中国不同的是，一、它不是连续的过程，而是有不少断裂又有不少复兴；二、它是从古希腊的雕塑向文艺复兴以后的绘画转移的过程。

进入现代之后，观念建构艺术的速度越来越快，因为从事观念发明和创造的人越来越多。并且与前现代相比，观念对艺术的影响力和建构艺术的能力也越强。这里有必要澄清一个误解，那就是许

多批评家、理论家和艺术家都认为，现代艺术是以艺术家语言为本体的，如抽象主义、形式主义等。而在实际上，现代主义艺术是比历史上任何一种艺术更观念化的艺术，所不同的是，过去的艺术是由哲学观念、政治观念、神学宗教观念支配的，而现代艺术是由艺术观念支配和建构起来的。关于这一点，现代主义的理论家格林伯格说得最清楚不过了，他说现代艺术是什么，现代艺术就是艺术批评的方法论，他的意思是说现代艺术就是用艺术这种媒材来探讨艺术是什么。这种极度观念化的一个逻辑结果就是概念艺术的出现。即重新回到用文字来探讨艺术。

后现代艺术家，我的习惯称之为创造当代艺术的艺术家，当他们讨厌玩现代主义用艺术来探讨艺术是什么的那种游戏的时候，他们又开始用不同的方式（装置、行为、录像、图片），回到类似前现代的政治观念、社会观念、阶级和性别观念，以及与之相关的社会、文化问题之中去了。

观念怎样变成艺术，有一个智慧与否的问题。如王天德的《活一天算两天》就是一个有智慧的作品。我认为王天德把一种超越身体欲望的传统水墨语言，又直接与身体的欲望联结起来了。反传统水墨的文化特性肯定是观念性的。但如何表达则有一个智慧问题，即如何把观念与意义、形象、手段和方式结合起来。

田黎明（以下简称田）：听前面的谈话之后，我来阐释我个人所理解的观念。观念其实是泛指，比如邓老师所提的观念是哲学，是思想，以及观念和艺术的密切关系。如果从这一层面上来讨论观念和绘画之间的关系，首先还是要把观念与人、观念与思想的关系整理清楚。

邓：这里有一个问题需要指出，观念也分内在观念和外在观念。现在对艺术影响更多的还是外在观念，对内在观念的认识还比较浅。我个人感觉艺术是有精神化和形式化两方面的因素，如果仅用简单的美学或简单的革命理论来探索艺术，将会出现假、大、空的局面，哲学、政治理论的简陋必将带来艺术的简

唐勇力

田黎明

刘进安

陋。田黎明先生提的很重要，要把观念的概念搞清楚，实际上每个人对观念都有自己的认识。现在谈的观念是混杂的概念，它不精确，不分类，也不明确。如果现在以系统的方式、分类的方式、量化的方式来谈，更易于深化它和艺术的关系。

邹：这里涉及一个从观念到感觉转换的过程。

邓：我感觉一般地说内在化的转变都是成功的，外在化的转变是失败的、附加的，或者是观念的放大、观念的概念化。迄今中国文化的变革还没有经历一个感觉的革命，美学相关的两方面，一是相关于感觉，二是相关于艺术。如果我们的美学和艺术不建立于相关的感觉的变革上，那么艺术就会是概念性的。因为它没有一个感觉的思维材料。黑格尔曾说，艺术是理性的感性显现（大意）。费尔巴哈说，艺术在感性中认识真理、表现真理（大意）。如果能够把观念通过感觉作为中介转换的话，艺术创作就可能成功，近20年的艺术实践也说明了这个问题。这又涉及到另外一个问题，好多人走的路是通过语言转换，语言也一定要通过感觉为中介转换成新的语言。我以为当代中国画理性建构存在的问题是用理性否定理性，不通过感性这个中介。古代的文人画是在原有社会文化的感性经验的基础上转换成笔墨的。所以前一时期的关于笔墨的论争大多还是从笔墨到笔墨，没有通过感性中介深化认识，没有在理论深度上认识到这一问题。

只有通过观念启动、寻找一种新的感觉经验，然后寻求文化资源，才有可能建立新的笔墨系统。

西方的艺术变革没有突变，都是感觉经验的调节带来艺术语言的变革，是自然而然的，这和中国文化有很大区别。

中国的哲学词典上没有"感觉"这一条目，而西方从康德的《批判力批判》开始，就从认识论的角度专门谈美学和感性的问题。这样一位大哲学家，为什么会花如此大的精力谈此问题，它表面是谈艺术，最后是解决建立在感性革命基础上的认识论。

刘进安（以下简称刘）：我从求学时期到现在的近20年正好经历了"八五"思潮。从我自身的感觉来讲，我们这代人已在某种观念形成后，进行了实际的操作。从学生时期对笔墨和传统的理解，到后来所追求的笔墨方式均是在观念支配下的具体创作实践。观念指导我们以绘画的方式来探讨艺术问题，具体地说在绘画中把观念抽取出来是很模糊的，从另一角度上讲，观念可能就是我们的一种认识，一种对艺术、对绘画在新形势下的理解方式，这个方式在不断变化。我们目前这种转变也是在借助传统或西方，我们没有形成中国的现代方式来代替西方或传统的方式。我本人比较推崇现代方式，可当我在这条路上走的时间愈长，反过来对传统的认识也在不断地变化和提高。我认为这也是一种观念的意识在起作用。水墨画也可能会借助一些水墨以外的媒材进行转换、融合，这种现象可能是某一时期水墨画探索中企图突破原有模式的一种途径。

我个人认为，中国水墨画艺术要建立新的形态，必须明确水墨因素在当前文化背景下的特殊意义，重新高举水墨这杆大旗，所不同的是如何运用水墨这种材质面对今天业已改变着的文化问题，其目的是确立中国式的绘画现代方式。

邓：举个例子，比如周韶华和张仃就是两种不同的笔墨观念。周韶华主要是从新的感性经验中建立起来的笔墨观念，

这么多年来，他一直被笔墨所累。张仃的笔墨观念来自于传统，他们分别属于两条不同的路。如果周韶华的笔墨走不通的话，那么我要追问他的笔墨观念是从什么地方建构起来的，有什么依据说这个笔墨好与坏，它是和什么事物对应呢？他其实是和自然法则对应，和人的生命法则对应。而张仃是从传统中来，处于中国文化法则中间，可以很快被别人接纳。但我认为，从语言结构的转化上说，张仃没有周韶华彻底。周韶华的作品是从感性经验中得来的，他的语言探索可能一辈子也达不到理想的境地；张仃的语言探索是站在传统大师的基础上，虽然很快可以收到效果，得到接纳，但却与个人感性经验相距甚远。从这个意义上说，我觉得应鼓励中国当代的画家从感性经验中、从生命的体验中探索笔墨道路，这种画家要付出很大的牺牲，他一旦成功，即是建构性的成功。

刘：对，传统绘画在各方面都是一个成功的范本。作为画家借用这个范本来作画，可能会被大多数人接受，作为画家也较省力。画的作品虽和传统绘画有相异之处，但也只是表面的一些方式的改变。在审美习惯、笔墨结构、笔墨方式上还是传统的，有章可循。周韶华则是面对自然、面对心性的一种创作方式，是一种新的笔墨秩序，新的结构方式。从意义上讲具有一种探索的可能。

谢志高：我来谈一谈自己的想法。作为我这一年龄段的人和前辈老先生相差二三十岁，没有明显的代沟，但和比我们小十几岁年龄段的人已产生了代沟。我们以前受的教育是一贯的，封闭式的教育。除了苏联什么都不知道，认为苏联的今天就是我们的明天。改革开放以后则是一种崭新的社会面貌，年轻的一代在

成长过程中接受了大量新的信息、新的观念。观念这个词本身没有对与错，就如色彩、线条一样，关键在于你持有什么样的观念。我们这一代人接受的哲学是马克思主义哲学、是辩证唯物主义，而以前所排斥的西方现代哲学现在又重新成为热的话题。所以现在的很多问题我搞不明白，本来理论是实践的总结。老一辈艺术家在理论和实践方面结合的较密切，不但画画，同时思考并著书立说。现在呢？是从理论到理论，从实践到实践。现在有的美院的理论研究生以前所学专业都不是美术专业，一旦考上研究生，就成为美术理论家了，这就导致了理论和实践的脱节。

我的绘画指导思想在一些理论家的眼中可能显得比较落后、保守，但我们这一代人对艺术的执着精神却是可嘉的，我们对艺术追求的方式具有一定的代表性。不同的艺术面貌共存是保持艺术繁荣的前提，否则艺术都成为了一种模式的话，势必走向死亡。难道中国画的现代方式就是西化吗？我对此表示怀疑。我并不是思想保守的画家，我的观点还应该具有一定的代表性。作为画家不需要作过多务虚的抽象的讨论，而要在绘画的形式语言上进行变法，我主张渐变不主张突变。现在有如此宽松的环境，大家要在各自的位置上进行艺术上的研究、创新、追求。

唐勇力（以下简称唐）：是的，正如谢老师说的，由于受的教育不同，各年龄段的观念差别太大。比如说我认为的水墨画观念在目前有两种：一种是感觉性的，通过水墨、宣纸重新建构的水墨观念；第二种是从传统中来的笔墨观念。即使是接受传统，路子也不一样，老一代的画家是从临摹古画入手，把传统中各

类画家的笔墨符号充分吃透了，再从吃透的传统中转换成自己的语言。我们这些40多岁的画人物画的画家，没有临摹古画这个过程，对笔墨的认识大部分还是直接从写生中来。浙江美院的中青年山水、花鸟画家，一入学就从临摹明、清绘画的一山一石一树开始不同的，他们的艺术面貌反映的不是自己建构的笔墨形式，北方的一大部分画家临摹古画的时间非常短，完全从感觉中建构自己的笔墨形式，这从南北不同的笔墨样式上表现的非常明显。我同意邓老师的观点，从自己的感觉经验中建构的笔墨方式是充分的，不拖泥带水，更加清新。而从传统中走出来，因有很大的负载，往往很难甩掉这些包袱轻装上路。

最近一时期，我在看明清时期的山水画册时有一个体会，实际上中国的以笔墨为中心的山水画的局部都是抽象的结构形式。典型的画家有黄宾虹，他的绘画整体形式是具象的，而笔墨和放大的局部都是非常好的抽象绘画。他将天人合一的哲学观念表达得淋漓尽致。

笔墨是不是中国画发展的中心？现在好多人都在争论。笔和墨是互为不可分的，有了用笔才能用墨。早期的中国画是画在绢上的，绢不渗化，此时读画还是要看笔墨，但基本上是看书法用笔。到明清发明了可以渗化的宣纸后，看画时就不单是看用笔，还要看墨的渗化意味，此时产生的笔墨结构和韵味肯定是抽象的，这是中国画材料决定的，于西方绘画有着质的不同。西方文艺复兴时期的油画笔笔是具象的，如写实肖像中贵妇人穿的毛绒绒的衣服，十分逼真。而中国画从发展起始笔笔都是抽象，具象只是一种虚拟的形式，长期以来形成了自己独特的传统。但具体到每一个画家的笔墨语

言，变化则非常大。画家的任务是探索最具体、最本体的语言，绘画语言不是一个简单符号的总和，还需创造新的符号，通过创造的符号的组合，形成自己新的绘画语言，难度虽大，却是建立水墨语言新的形态的关键。

田：刚才邓老师说的艺术的感性问题，提到从观念切入实践和理论，基础是艺术感觉，从感性的角度探索艺术形式重建的可能，对艺术创作是一个非常重要的环节。我个人认为人与人之间的感性体验差别不大，最后的差别出现在将体验转为绘画，这取决于个人的综合素质和修养。以登山为例，大家对登山的感觉大致一样，但有的人急于达到山顶看远景，有的人只重登山过程的乐趣，还有人干脆只是在山脚下转转，即已满足。因为个人的审美取向不同，艺术感觉也就不同，艺术个性取决于将艺术感性转换成艺术语言过程中的语言表述的不同方式。传统的笔墨具有重复性，形成了一定的程式，在代代的沿袭中，艺术的感性不被重视。走出传统的一批画家不是机械地对待传统，而是揉进了自己的感性经验，采用的是逐步完善个性化语言的方式。

邓：刚才田黎明谈了一个点，我接着说下去。面对中国的美术史教材，我们找不到齐白石成功的结论。如果用一种新的观念来看，就能找到结论——齐白石的成功不在于他的笔墨是第一流的，而在于他把自己新的感性经验用笔墨表达出来了。在齐白石之前没人表现白菜、大葱等这些俗常作物，认为俗。当时的北京文艺界说北京有两大俗，一是老舍，一是齐白石，因为是写俗事、画俗的事物，这在当时是有贬义的含义。现在回过头来看，就只是士大夫阶层说他们俗，士大夫不屑于表现这些题材。如今看来，历史上

大部分开宗立派的大画家都是重新面对感性资源、面对自然建立自己的语言形态，没有单纯以笔墨成就成为大画家的。"四王"可能是一个例外。

中国的美术史和西方美术史有一个区别，中国的美术史现象多，说理论、本质少。西方为什么会出现文艺复兴的高潮？就是有两个发现，一是人的重新发现，二是自然的重新发现，这就是观念的变化。这对于中国画也是一个关键的问题，不从感性经验寻求语言的突破，中国画的变革往往抓不住根本，不会产生原创性的作品，不会出现一种结构性的变化。多年来，中国画之所以变革小，是因为学中国画面对的还是第二自然——画谱、摹本。有了美术学院之后，才有了写生法则，新一代的国画家面对的是第一自然，面对的是写生。写生不单是一种绘画的方法，还是一个认识论的方法。康德曾说过：感性也是一种生产者（大意）。马克思有另外一句话：感性赢得了理论家的角色（大意）。

我时时感觉到中国的传统文化博大精深，有一种进去出不来的感觉，但它的问题是不系统，没有完整的结构。西方的艺术有个特点，随着人的感觉经验的变化来调整自己的艺术语言，是按艺术自律的方向发展的。

唐：其实作为一个画家应该越到最后越感性。

邹：还有一点很重要，这就是作品必须对时代作出回应，要和其它文本，或者说与同时代其它文本中的观念发生共鸣和共振，只有在这个基础上探讨语言问题，这种语言才是有文化意义的。

从文化上讲，80年代是再启蒙的现代主义，精英主义占统治地位的时代。但随着90年代市场经济的兴起，所有的人都被推进了消费的时代。在这种时代，人的心态发生了很大的变化，在艺术上也就有了不同的反映。如新生代的艺术家刘晓东、刘庆和笔下的都市青年，就是一些对80年代的英雄主义和理想主义敬而远之的人。田黎明则从另一立场对这个时代作出了反应，那就是通过建构一个纯净、平和、一尘不染的理想世界来抵抗、逃避这个物欲横流的世界。退则独善其身，这与中国传统文人的处世方式是一脉相承的。当代艺术的观念化方式当然更直接，如行为艺术。

刘：对当代的行为艺术我还没感到其文化或方式上的智慧，依我看还不如一幅漫画或一则笑话更智慧。

唐：我想到当前出现的一个词"搞笑"，那搞出来的笑好笑吗？我觉得还不如马三立的单口相声来的幽默、深远，更具文化意义。

刘：行为艺术是存在的，但不是唯一。现在的画展、研讨会我感到最大的毛病是追求新闻性。大家都在说一种新观点，也只是浅浅的说几句就过去了，成了一种形式了，缺乏对具体问题的深化、挖掘。这可能是受时代快节奏的影响，作品不论成熟与否都拿出来展示给大家。

田：这里有很多问题需要静下来慢慢思考。我举个例子，97年我在日本呆了3个月，看到在日本画廊展示的两件装置作品印象非常深刻。一件是一个完整的现代人的模特儿，穿着牛仔服，模特儿的面具塑成自己本人的形象，然后把许多电话线搅在一起放到胸部里面，再从心脏部位引出一个耳机，放到参观者的耳朵里，这时你听到的不是心脏跳动的声音，而是非常嘈杂的声音，反映出现代人的无序、紧张、无奈。还有一件装置艺术品是利用灯光创造一种有太空、宇宙意识的空间，参观者通过一个足够大的圆洞把头伸进空间里面，手一按动电钮，里面的漆黑变成了一片透明、神圣的空间，犹如人站在太空中看蓝天，没有一丝的杂质，一下把人从都市的喧闹中解脱了出来，有一种神圣感。再按电钮，灯泡又变成了粉红色，顿时感觉又变了，从神圣的感觉变成暧昧的感觉，这种感觉太刺激了。

唐：这表达了艺术的真正内容，犹如现代人画古画，现代人拍古戏一样，是具有现代性、时代性。

邹：还是我前面所说的，艺术只有与其它的观念相呼应，与其它文本相联系，才能进入艺术史。

艺术史从总体上来说，更关注那些提出了新的问题的人。并不是绘画语言不重要，事实上，只要有绘画存在，绘画语言就很重要，但是每一个时代关心的问题是不一样的，或者说主要关心的问题是不一样的。比如说，过去的艺术家并不有意识地考虑自己的身份问题，但在今天，身份则已成了艺术作品之中的构件之一，这就是新的问题。

唐：从人物画上讲，对于一个农民坐在粪箕上和教授坐在沙发里的题材，是可以直接切入时代的，但山水怎么表现时代的不同呢？只有靠语言的探索。

山水画中提出的外师造化、中得心源，但我认为最后主要还是中得心源，靠外师造化永远触及不到时代的脉动。

邹：实际上中国的山水画是在解决人的痛苦，这是根本的哲学意义。（冬青根据录音整理）

林风眠　静物　1980 年

中国现代绘画的拓荒者

—— 林风眠艺术思想研讨会

林风眠劫后余生谈艺录

金尚义整理

在1999年中国美术学院主办的纪念林风眠先生百岁华诞的活动之际，我获得一函先生70年代的手稿。其中有出狱后的日记片断，有未完成的世界绘画史的手稿，以及学生、朋友的信札、速写，其中10页为先生与学生的多次对话时的亲笔记录。从手稿中记录的时序看，前后有大半年，每节对话最早的时序为"4.6"，最晚时序为"11.2"（其间也标有"3.6.22"三组数字的）。同函《日记》片断，是1972年12月29日出狱时开始记的，因而这组数字解读应为1973年6月22日。从而判定这部分对话手稿是从1973年4月起至11月15日，在这段时间内他与学生间陆续对话的记录，从这些对话看，莫不闪耀着先生渊博的学养和智慧。读后如饮甘露，不啻耳提面命。

今年是林风眠先生逝世10周年，又是21世纪肇始，先生在近30年前就提出了"世界今后的艺术方向何去何从？值得重视和研究"……的课题，我想发表这个"对话"，若能引起同行的回响，就是对先生最深切的怀念了。至于我，不揣鄙陋，对"对话"进行了整理，无非是把"对话"阐述的同一内容加以归纳而已。另外以自己理解，加了五点注释，容或有误，敬就方家教正。

西方的音乐可以通过和声、配器和对位的科学方法，使得很原始的感情成为很伟大的表现思想感情的交响乐。在绘画方面，我细细的想了很久，我认为可以通过色彩、线条的组织来构成表现（比较）复杂和丰富而又深刻的思想感情，用抽象的形式，把时间、空间的观念综合表现较大的抽象观念。目前抽象的作家只不过才开始说说抒情（热抽象）、构成（冷抽象），等等，但能像贝多芬那样大的思想家在抽象绘画方面还没有出现。

抽象艺术20世纪有人开始了。毕加索在《基里卡》里曾开始了这种尝试（还是具象）。

我在想搞这样的东西，但要在纸上来表现，不是说想想这种形式就能成功的。

毕加索是划时代的，近代绘画作品由于他的影响起了决定性的变化，无论如何，毕加索是一个大作家。

抽象主义和具象画家用相对的观念来看对方，都看到对方的荒谬而且可笑。

如今画家不了解立体主义，是一个遗憾，要懂得现代味也太不容易了。

音乐的每个音符是很抽象的，但是他综合就能再现感情。对音乐，如果我们不去了解学习也无法了解它的，当年刚到西方我听不懂，只喜欢中国式的二胡之类。后来我在西方久了，拼命地去了解它，在德国拼命去听，才开始也了解起来。因此，要懂抽象，也是如此，要有一个学习的过程。

抽象的形式在绘画上是依靠色彩、

时　　间：2001年12月23日

地　　点：北京林科院西山实验林场

参加人员：金尚义　呼世安　龙　瑞
　　　　　王　镛　毕克官　水天中
　　　　　赵力忠　邹跃进　林　木
　　　　　陈　醉　杨庚新　张江舟
　　　　　张晓凌　郭晓川　徐　虹
　　　　　杭　间　徐　琛　朱京生
　　　　　徐　翎等

线的综合表现来说话，它像音符一样来组织音乐。色彩的冷热对比，线的曲直综合构成来解决感情和观念。抽象是一个新的造型艺术。

埃及这个古老民族，它古代的艺术有风格，值得很好的研究。神秘，文字是象形的文字，但每一个字都是一个很不错的造型，有用几何型［形］结构的基本观点。

西方的批评家把有史以来的造型艺术分门别类为20几种类型：希腊、埃及、三代、唐宋元的文人画、太平洋周围的海洋性艺术、文艺复兴（与希腊相似）、立体、抽象、中古世纪的圣像、照像型的、波斯……如果，一个作家能超越这已有的型［型］象来别开生面，那将是一个奇迹。

林风眠　坐女　1960年

对于希腊的古典当然很好，但也要看哪一个时期。秦始皇陵墓的马、人像，有希腊风，看来这是很值得研究的。是否西方文化在占国时代已经进来过？或是中国古代北方民族也是具有理性的，模仿过自然。同时代的南方民族楚风就大部分用几何型［形］来造型，楚是苗子的代现［表］。富于海洋性风格，富于装饰性，我以为构成的造型艺术比写实更高。

日本的北齐①［斋］画是外来文化传入日本初期的产物，是过渡的东西，看起来好的少，他老师的一幅屏风花卉倒不难看。底色好看。

中国的方块字也是抽象的祖先，但是属于"结构"的。

西方学者认为抽象发源于中国，日本人说今后要看"抽象发源地的子孙显显身手的"。

过去中国文人画主张像与不像之间，不像是抽象的苗子。中国文人画主张意、空灵、没有烟火气，等等。

中国的方块文字是象形到抽象，行书狂草也就表现作家个性，也就更抽象，它能表现作家情感。

不懂文字②的西方人就看不懂。这里存在一个懂不懂的问题，抽象画也如此，不去研究它就无法知道。你看，苏东坡的字就很俗，一看它就是一心想做官，郑板桥的字更不行，更俗气，装模作样；怀素的字就没有这些毛病，张旭的字也好。

对于抽象派的画家，我看搞了差不多半个世纪，还没有一个完整的作品，无极的画是和过去的不同了，是开了个头，但总觉得每一幅都没有搞完，没有完整，只能说一个开端。

赵画至少是新的开始，抽象的艺术没有成熟，抽象艺术还应该是一个造型问题，完全的抽象就是"无"。

赵画在虚无漂渺之间，有他自己的样子，还应该说很好的。

无极的画仍是风景画，他是闭着眼睛在做梦（笑）。就像老花眼不戴眼镜来看世界。

我是睁着眼睛在做梦，我的画确是一些梦境。

中国的彩陶（见中国考古第73.6期）郑州大河村出土的彩陶钵，这些花纹好极了，与北方民族中周、商文化有着截然不同的风格，这些抽象的几何形纹样看来是南方苗族的文化。看来一两万年以前苗人曾经在北方生息过，后来大概在部落斗争中被赶到南方山区里去。两种文化的分界在于这些文化是感性的"楚"文化。商周的青铜器的造型、装饰、纹样，比较理性。大洋洲、南太平洋、这些东西至南美洲墨西哥……都属于南方的文化。

林风眠 秋江 1959 年

"画白鹤"我搞了几十年，法国回来后就想在线的表现方法上突破旧形式，过去追求了这么多的时间的东西，现在看来很容易。要在形式上、内容上突破是不容易的。几千年以来多少人在努力，但能有几个人有突破，只是一点变化。无极是突破了（但也不是他开始），但总不够深入，在色彩上弄来弄去，比较外表。

你搞木雕，要从抽象着手，不要有自然和古典约束。

三叉戟比鸟好看，因为它用科学的计算来代替自然，它更富装饰性，因此也就更美。

未来的绘画也许仍是朝着抽象方向走，中国的古传统抽象的太多了。

对"少女"③的意见：
从整体上来看是和谐的，四分之三

侧面有东方佛像影响，形象比较美，正面海洋性的风格多一些，很难解译什么，北面处理的手法正合适，如果过于雕凿就会显得过分烦锁[繁锁]，这样用布的形式来处理恰到好处。

用木头来雕刻很有味道，如果把全身雕出来，长长地一定更有味，摆在桌上比较有趣味，雕刻是四面看的，因此处理起来更复杂。

画就在于画鸟像人、画花像少女……

第一个说花像少女的人是天才，因为他是诗人。

第二个说少女像花的人是蠢才，因为他抄袭，不是诗人。

江南人对画比较敏感，某医生喜欢有诗意的画。如果一幅画没有意境就不能引人入胜，意是很重要的。

我青年时代学过做诗，中学时入了学诗的诗社，对古诗有比较的爱好，因此后来在画上面作诗，人家说我画中有诗是对的。

有人批评我的猫头鹰是[冷眼]看世界，像我自己的人生态度。其实画鸟如果像鸟，那何必画呢？拍照片好了。

杭州西湖是我熟悉的题材，我[画]西湖是这样画的：因为我在西湖住久了，但开始总画不出味道来，后来抗日战争时期在内地山区生活了七八年，西湖的回忆和梦才慢慢地把我的西湖情调画出来了。战后我回到杭州，有一次爬上葛岭山，细细的看了西湖我才好像真正的看到了西湖……

我的山水画中许多构图都是我童年山区的回忆和梦。我们广东梅县山区近闽西，这些草色的大山、溪水总不断地在我的画中再现。

想学画必须读很多书，画画不是靠技巧。而主要是表现思想。艺术是语言，语言说什么内容，这就要作者的观念了。

我从来不买旧画的原因：第一，我对旧的绘画除了绝好的之外，我根本不感兴趣。第二，我穷。年青时代买不起，但主要是因为我对旧画没兴趣，我对民间的雕刻、瓷器、年画等等的态度就不同了。因为这些东西没有成熟，我可以随手搞来，吸收它在我的作品中。那些旧画没有什么味道可用。就像一个会烧菜的大师傅，他买菜绝不会去熟食店里买牛肉来炒，而是到菜场去买新鲜的牛肉来做蚝油牛肉。道理都一样，画画也和烧菜一样，人人都会，但各有巧妙不同。不同的画家，对过去的文人画有各种不同的看法，我青年时代，我首先感到文人画没有生命，当然我也曾搞过很不少时间（14岁已经学画）。

齐④画是北京派唯一有自己风格的一个画家。我经常认为要创造新的风格要多看。但齐没看也会有自己的风格。

我对自己过去所追求的艺术风格，花了几十年的时间，现在看起来太老式了。白鹅之类的水墨画，别人很喜欢，而我自己简直是画"毛巾"⑤一样劳动。太老了总没有意思。

看来绘画只要回到古典。唐代的画好，如今总不容易超过它。汉画像石的形式是近代绘画一个来源，但要变为现代的东西也不容易。

世界今后的艺术方向何去何从？值得重视和研究，我以为历史在螺旋式的进步，绘画还会再回到古典，但是新古典。

注释：①疑为"北斋"。

②指："汉字"。

③"少女"这件雕刻作品可能是先生毁去的作品。

④"齐"疑为齐白石。

⑤先生在狱时，曾常为委会工厂作义务劳动，手工刷印毛巾"将文化大革命进行到底"的红字。引这典故，似指模仿，机械重复，对画家而言，是不足为训的。

林风眠 夏 1985 年

"自由创造"精神的拓展者

龙瑞（中国艺术研究院美术研究所所长）

对近现代一些著名美术家的艺术成果及艺术思想进行专门的解析及研究，将对我们今天的美术创作及理论研究带来重要的借鉴与推进。尤其面对经济全球化及随之而来的文化一体化的浪潮，我们进一步研究、讨论、诠释、梳理象林风眠先生这样包融中西、个性丰满、风格突出，同时又有着鲜明的民族情感而对西方文化艺术如此通透了解，能融合东西方精神并在中国近现代美术发展史上有着巨大影响的艺术家，是极为重要的，也是符合与时俱进的精神的。

林风眠先生是一位美术教育家，特别是在近代中国美术教育上，是同徐悲鸿、刘海粟等有同样影响的美术教育家。其较为系统而整体的欧洲教育思想，尤其是提倡"自由创造"重视艺术形式的拓展，在培养对中西美术与技法通达了解的艺术人材方面，有着突出的贡献。如果说现在我们对西方美术的了解大大多于西方对我们美术的了解。象林风眠先生这样的老一辈艺术家，在这方面起了很大的作用。

林风眠先生同时也是在近代中国美术史中有着巨大艺术成就的画家。以西方现代绘画的手法结合中国传统绘画的一些形式来演释其浓烈的、中国的、东方的、民族的，同时又非常个性化的艺术诉求和自由创作的倾向。情致是中国的，手法是中西合璧的，精神是自由的，带有"东方表现主义"味道的。

虽然林风眠先生画了很多的山水、花卉和仕女人物，未能作大型主题性作品，但其艺术创造的含量是巨大的，文化含量是巨大的，是既在精神层面又在技术层面上，有机地融合东西方艺术。同时以其毕生对艺术的思考。上升为发挥个性，重在精神自由发展的境界。

要解析、研究林风眠先生艺术思想体系，需做大量工作。讨论思想，必落实于组合其思想的具体概念，既要了解在其思想中起主导、直贯的体，又要关注其牵系旁涉的系，将其重要组成观念进一步了解、廓清，上溯下沿、纵横条贯、舒展端绪、爬梳整理、全盘探讨。每一位优秀的大师在其成长的路上都会受时代的影响、驱控，但又能各自依其本性，或迎合或抗争或选择，而能动地构架自己的艺术思想特色。我想我们今天正在进行这样重要的工作。

林风眠研究与林风眠评价

水天中（中国艺术研究院美术研究所研究员）

一、新时期以来的林风眠研究

林风眠研究始于改革开放的新时期。在此之前，他几乎被人忘记了。中国最重要的美术理论家王朝闻在80年代说，他不知道他的老师还出过一本书。这可以说明当时中国美术界对林风眠的了解的程度。

1972年12月，因禁了4年的林风眠被上海市公安局"教育释放"；80年代中期，他的一些朋友和学生呼吁正式为林风眠平反。浙江美术学院的六位教授联名上书中央，请求为林风眠平反昭雪，结果联名信被信访部门退回。此后开始的林风眠研究活动大都具有明显的民间色彩。

20世纪80年代，林风眠研究的中心在上海，90年代之后，研究中心转向杭州。

1988年，由朱朴编著的《林风眠》在上海学林出版社出版。

1989年11月，由中国艺术研究院美术研究所、中国美协艺术委员会联合举办的林风眠艺术研讨会在文联招待所举行，刘开渠、李可染、艾青、罗工柳、吴冠中、苏天赐及来自上海、杭州、江苏的学者、美术家30余人出席会议。

1990年10月，郑朝、金尚义编的《林风眠论》出版，收录了林风眠同时代人的回忆文章与当代学者论述。

1993年4月，由浙江美术学院和林风眠艺术研究会联合举办的林风眠艺术研讨会在浙江美术学院举行。与会人士倡议组建林风眠研究会，收回、整修林风眠在杭州玉泉的故居。从这次会议开始，林风眠研究从历史的回忆、艺术教育思想和作品艺术分析向其思想、人格精神扩展。有学者从20世纪中国人文状况和中国知识分子人格的角度评价林风眠。

1995年10月，由上海林风眠艺术研究会主办的纪念林风眠诞辰95周年画展及学术研讨会在上海美术馆举行，展出林风眠50至70年代在上海创作的作品60幅，有学者开始对20世纪前期中国代表性美术家作比较研究。有发言者提出，徐悲鸿、刘海粟、林风眠三人都有强烈的历史责任感，但在艺术上林风眠的成就高于徐、刘二人。

1999年11月，由中国美术学院和上海画院等单位联合举办林风眠百年诞辰纪念活动。11月21日在杭州举办了林风眠百年诞辰纪念会和林风眠玉泉故居开放仪式，次日"林风眠之路"大型展览在上海美术馆开幕，23日在上海衡山宾馆举行林风眠国际学术研讨会。汇集了林风眠代表作各个时期的照片及研究论文的《林风眠之路》、学术研讨会论文集《林风眠与二十世纪中国美术》在此次活动中出版。由加拿大亚太国际艺术顾问公司出版的《中国现代主义绘画的先驱者林风眠》、金尚义编《风眠全书》以及国立艺专校友会孙鼎铭主编的多册校友回忆及通讯亦于此际问世。这些出版物选编近年海内外学者林风眠研究的论文，收集了大量有关林风眠早期活动的珍贵史料及生活照片。第一本《林风眠传》(吉林美术出版社出版)也于此顷出版。此次纪念活动标志着林风眠研究进入新的阶段，林风眠的艺术与人生道路已成为海内外美术史学者共同关注的学术热点。

二、对林风眠的整体评价

林风眠的艺术观念和艺术实践，为面临全球化浪潮的当代艺术家提供了一条出路。一方面，人类文明的历史实际上就是全球化的历史，另一方面，正是人类文明的进化造就了文明的差异性即多样化。从地球进化的历史看，差异化和多样化比单一性、纯粹性有利于人类的生存和对于种种变故的应战。有人认为林风眠体现了"客家文化精神"，客家文化作为中原文化向岭南拓展的先锋，在文化交融中发展了它特有的坚韧性和包容性，客家文化在灵动性方面逊于江南文化，而坚韧性胜于江南文化。客家文化的代表者前有黄遵宪与丘逢甲，后为林风眠与李金发(杨义《客家文化精神与林李诗画双璧》)。所谓"客家文化精神"实际上就是指在新的历史环境中表现出来的开放性、兼容性和坚韧不拔的探索性。

作为20世纪的中国美术教育家，林风眠是建立欧洲式的现代美术教育的代表者。着手引进西方现代美术教育非林风眠一人，但与刘海粟、徐悲鸿等人相比，在整体引进欧洲现代艺术教育观念和教学模式方面林风眠最具代表性。

作为20世纪的中国画家，林风眠是在融合中西基础上的中国现代绘画开创者。林风眠对中国传统艺术的理解不同于同时代的中国画家，但他的理解确实是深刻的。林风眠对待本土和外来艺术的态度并不是"西体中用"，而是"西器中用"。中国现代绘画实际上在不同艺术观念之下表现出多种形式，林风眠所开拓的不是唯一的道路，但确实是最有影响的道路。

作为20世纪的中国知识分子，林风眠是坚守个人人文理想的自由主义者。他必然具有中国的自由主义者的特点与局限。林风眠之路不仅是艺术探索之路，也是精神价值追求之路。20世纪后期的许多艺术家心目中的精神性实际上是政治性、意识形态性。与林风眠同时代的许多艺术家有过轰轰烈烈、有声有色的政治斗争经历，但意识形态不等于精神生活，它不是个人对生命意义的思考，不是个人对某种人文关怀的自觉认同，而具有突出的整体化、一元化色彩，艺术家个人是受阶级、政党支配的"齿轮和螺丝钉"。与他们相比，林风眠的政治生活是平淡的，从来处于主流意识形态的边缘。但他在精神上是充实的，是有个人追求的。从他所处的历史环境看，他这种边缘身份的获得却需要极大的勇气。他虽然没有如鲁迅所说"舍生求法"，不像中国的顾准或欧洲的汉斯·阿伦娜那样对现实生活作深刻的理性思考和尖锐的理性批判，但他在权势高压下保持了勇敢的、高尚的沉默。而这是同时代许多杰出的文学家、哲学家也没能做到的。因此，在他告别这个世界的时候，他可以问心无愧地让后人将他的骨灰用作"养花的肥料"。而某些人的骨灰，放到土里只能使花草枯萎。

林风眠对民族传统艺术与西方艺术的态度，对权力政治、主流观念和时尚价值的态度，对于面临全球化与民族主义浪潮交相冲击的21世纪中国文化界，有重要的借鉴价值。

林风眠的当代意义
王镛（中国艺术研究院美术研究所副所长）

这次研讨会的重点是讨论林风眠艺术思想的核心内容、历史贡献和当代启示，特别是当代启示。我认为当今中国画坛最缺少的不是技巧，而是思想，缺少富有创造性或者说原创性的艺术思想。正如林风眠先生所说："画画不是靠技巧，而主要是表现思想。艺术是语言，语言说什么内容，这就要作者的观念了。"林风眠先生的艺术思想非常富有创造性、开放性和前瞻性。从他早年主张"介绍西洋艺术，整理中国艺术，调和中西艺术，创造时代艺术"；中年强调"必须提倡广泛的学术研究，才能达到真正的百花齐放"；到晚年（文革后期）思考"世界今后的艺术方向何去何从？值得重视和研究。我以为历史在螺旋式的进步，绘画还会再回到古典，但是新古典。"这些艺术思想处处闪烁着真知灼见，体现着大胆创新的精神，对我们今天从事美术研究、创作和教育，都具有一定的启示意义。

关于林风眠艺术思想的一点感想
郎绍君（中国艺术研究院美术研究所研究员）

我写过关于林风眠生平、艺术创作的文章和小书，没有专门研究过他的艺术思想。王镛先生邀我写个书面发言，只能谈一点感想，提出几个问题，供大家批评思考。

一、林风眠对"为人生的艺术"和"为艺术的艺术"这两种价值取向发表过看法，大意是各有道理，他要兼取两者而为一。体现他这一想法的不是理论著述，而是创作。他的早期、晚期作品，较突出"为人生的艺术"，中期、盛期突出"为艺术的艺术"，二者间，当然以中、盛期"为艺术的艺术"为主要。他的"为人生的艺术"有一个特点，是不服务于具体的政治与社会斗争，而强调表现人的"普遍本性"，如人道、爱、对恶的抗议等。这一特点源自西方人文传统，与权本华、托尔斯泰等有一定的渊源。他的"为艺术的艺术"之突出特点，是重视形式的独创、综合，表现美与和谐，以及某种程度的不和谐与扭曲。这一特点与康德的美学、野兽派尤其是马蒂斯的艺术观念有千丝万缕的联系。

正如水天中在一篇文章中指出的，林风眠属于20世纪中国的"自由知识分子"，这类知识分子在整个20世纪是颇受压抑和冷落的。但他们所追求的带有普遍性的人文理想，却比某种具体的社会政治倾向更具永恒性。对这样一些知识分子和艺术家的艺术，我们的研究和重视还很不够。因此，探究林风眠的思想，是很有意义的。

二、林风眠主张"调和中西艺术"。这是一大批留学生和艺术家所追求的目标。但林风眠的"调和"有自己的特点与方式，不同于任何其它人。这首先表现在他对东西方艺术的选择上——对西方，选择自印象派至立体派这一历史阶段，其中又侧重印象派和表现主义，力图融法国传统与德国传统为一，所以他的画既有法兰西式的明丽与欢快，又有北欧式的凝重沉郁。对中国，他基本放弃元明清文人画传统，而采借汉唐艺术、宋瓷、民间艺术如皮影、剪纸等，强调早期和民间美术的"流动如生"，力度和率直刚健。他的"调和"思想，既有精神层面的，也有

形式范畴的，前者在情感、个人内心生活的表现，后者在造型的"单纯化"和光色时间性的表现。对这一课题的研究，似乎不能只从林氏的文章寻找，还须从他的艺术实践去探查。

三、林风眠对传统绘画并没有深刻而系统的研究，他对元明清文人画的看法，也受到"五四"以来流行的"进化论"、"科学主义"的影响，今天看来，显然是颇有局限和浅显的。他的艺术探索走"西体中用"的路子，与这一点很有关系，他在执掌杭州艺专的10年里所采取的以西画为主的教学方略，也与这一点分不开。他和潘天寿在对待中国画教育上的分歧，亦由此而来。林风眠对传统绘画的看法，早期和后期略有不同，但并无大的变化。他和徐悲鸿在教学上，创作上的不同是显而易见的，但这主要是借鉴什么西方传统上的不同，而主要不是对待传统态度的不同。即，他们对传统艺术的理解都比较浅，尽管彼此的具体采借很不一样。他和徐悲鸿的主要贡献，都集中在引入西方艺术以改革和丰富传统艺术、创造新的绘画艺术方面，而不集中在研究、发掘、推进传统艺术方面。在后一方面，主要是由齐白石、潘天寿、张大千、吴湖帆、傅抱石这些传统型画家完成的。说这些话附带的意思是，对前人不能求全责备，也不能忽视和无视他们各自的局限，而在研究方法上，应注意进行必要的比较，应有基本的历史观念。

林风眠的艺术定位及历史贡献

陈醉（中国艺术研究院美术研究所研究员）

20世纪70年代末，新中国历史进入一个崭新的时期，举国上下欢欣振奋。在"解放思想、实事求是"的精神指引下，国

人可以拨开历史的封尘重新审视林风眠了。尤其80年代中期的西方现代艺术的大量被介绍进来，以及部分青年画人的热心探索与实践，更使中国人在思索时多了一个参照系。于是，林风眠越来越显出其"林风眠"的意义。

于是，诸家研究林风眠的文章已不鲜见。而且有不少观点新颖、论述深刻。在探究过程中，许多论者往往会把同时代、同资历的另一位大师徐悲鸿作比较，这是合理的。两位都是中国现代艺术史上的伟大，他们的贡献在于改革。我认为，徐悲鸿的功绩是用西洋画改革了中国画，使之得到更新的发展。这是线形的纵深运动。而风眠的功绩，则是用中国画改革了西洋画，使之得到更广的传播。这是面状的扩散运动，尤其是现代艺术观念的扩散。不少论者探讨中国传统绘画发展问题时，也常常以这两位大师作典型。但是，问题就出现了。这里必然要触到一根最敏感的神经，也就是前一时段讨论得最热烈的问题——笔墨。既然将林风眠放到中国传统绘画发展的轨道中去，自然就要以中国传统绘画的基本规范去衡量他。于是，真正的"笔墨"官司就出现了。也许，如何给林风眠的画进行合理定位，是问题的关键所在。诚然，林风眠对传统艺术作过深入研究，如他临过敦煌壁画，钻研过民间陶瓷画，等等。不过，他更系统学习的，应该还是西洋画。而反映在其后来的创作中亦是如此。我认为，林风眠的画作，与其说是改革和创新了的传统中国画，不如说是改革和创新了的西洋画更合适。而徐悲鸿的画作，则是改革和创新了的中国画。换句话说，即林风眠是用中国传统艺术观念改造了西洋画。他的作品应定位于西洋画。而徐悲鸿则是用西洋艺术观念改造了中国画，

他的作品应定位于中国画。

作为例证，最典型的是林风眠的风景画。如《春》、《秋艳》、《江南》、《早春》、《池畔秋色》、《睡莲》、《郊外》、《江畔》和《花园一角》，等等。这些作品，不是中国画"山水"，而完全是西洋画意义"风景"。画中很明显是运用西洋画的观察和把握对象的方式。在这些作品中，用的是焦点透视。而有的作品，还描绘了色彩、光暗、逆光、倒影，等等。即使是一些有较明显的中国画处理手法的风景画，如《山间》、《无题》、《履口》、《野泊》、《秋鹭》、《堤柳》、《村前》，等等，其画面依旧是典型的西洋画构图。另一类典型作品就是静物。如他大量的盆花、瓶花、水果、器皿等作品完全是按西画静物的方式处理的。甚至在一些作品如《菊》、《鸡冠花》、《大理花》等还力图表现对象的明暗立体感。当然，大量的还是采用平面处理方式。尤其值得一提的是，他的《黄花鱼盆》、《静物》、《闪光的器皿》等还明显地体现了一种构成的观念，至于人物，则重视其装饰效果，尤其脸部造型和描绘手法，具有较浓的图案工艺趣味，如《瑞坐》、《凝思》，等等。相对而论，他的花鸟以及与之相配的折枝等倒是保留了较多的传统中国画痕迹。不过就总体思维方式上依旧是西洋画的成分多。也许，那幅纯粹表现荷花的《荷》最具文人画的笔墨情趣了。然而，同样是画荷花，《睡莲》则几乎成了一幅水粉画。而徐悲鸿，尽管他在对象中加进了素描，强调了解剖，运用了造型，等等，但他在观摩和把握对象的方式上依旧是中国的，在具体绘制过程中使用的仍旧是传统中国画的笔墨套路。如他的人物、古柏、花鸟，尤其他的马等，都基本上是遵循传统的勾、皴、点、染等程式完成的。所以他的画依

旧是中国画。

如果这样的定位是合理的，那我们就可以从另一个角度去认识和评价林风眠了。我认为，林风眠的伟大之处，就是丰富了西方现代艺术，并将其有效地引进中国。与此同时，架起了一座东西方艺术交流的桥梁。西方艺术由古典进入现代以后，其中一个最大的特征就是冲破了所有既成规范，这与传统的中国绘画一直遵循着严格的程式完全相反，真可谓五花八门、七彩纷呈。林风眠的画作，是一个中国人，用中国的宣纸、毛笔和墨、色去画，本身就是扩大了现代艺术的表现手段，使本来就不讲套路、不择手段、各走极端的现代艺术更增添了一分东方的异彩。之所以说"有效地引进"，不妨回顾到本世纪初，与林风眠同时代或者前后出洋求学者中，回国后也有不少曾经试图在中国实验创作和介绍传播西

林风眠 静物 1979 年

林风眠 秋艳

方现代艺术，甚至还组织了相应的画会、社团等。然而，毕竟由于战乱频繁，中国人还未有那个社会环境去思考西方人这些新奇的艺术派别。更根本的因素，还在于这种在资本主义工业高度发展背景下所诞生的怪异的艺术观念难于与浓厚的中国文化传统相融和。他们大多是用引进的"原汁原味"的油画方式，可惜，恰恰是这种道地的样式，同样难以得到富有浓厚传统文化根基的中国观众样式，同样难以浓厚传统文化奶基的中国观众的认同，所以难以有成气候者。最终大多都销声匿迹，几乎是做了"无效"的劳作，唯余林风眠独步于中国画坛。

林风眠的成功固然有多种因素，但其中一个重要的，就是因为他摸索到了中、西审美趣味的融通点——在林风眠的作品中，那线条回旋、排笔扫刷的畅快与水墨渗化、色彩堆砌、恰当留空所造成的浑厚、透明、隽永的光色效果，以及那宣纸、笔、墨为主等特定的工具使用与焦点透视、全幅填满等的制作方法的完美糅合，着实使国人和西人都为之陶醉。国人在这熟悉的笔情墨趣中不知不觉地进入到现代艺术的境地，不知不觉地感受到了后印象主义、表现主义以至巴黎画派……而西人则在其熟悉的物象描摸和构成设计中得出了自己的主义远播和手法扩充的兴奋，在领略驾驭中国工具的恣肆的同时又不知不觉地进入了东方古典的空灵境界。国人和西人都在熟悉的喜悦与陌生的惊讶中有所领悟，有所收获。于是，中西观念的沟通又多一条渠道，中西艺术的交流又多了一道桥梁。此外，如果这种定位合理，那就没有必要在林风眠的画作中追寻其严格的传统笔墨程式，更重要的是，在林风眠之后的许多以中国画工具致力于现代艺术创作探索

的艺术家，就更没有必要与是否有笔墨去对之苛求了。也许这样还自然地免去了一声"笔墨"之争。

改革开放20年，社会环境变了，文化环境变了，人们的观念也变了。新的一代侧重现代意识的追求，这是时代的需要，民族的需要。因为要振兴中华，必须快步追赶世界前进步伐。在这个特定的历史时期，因为大量接触外国语言、文化，一些人的西方意识越来越浓厚了，而民族文化反而越来越淡薄了。甚至，还有人在认定西方科技先进的同时，竟然也笼统地认为西方的文化都是先进的，而中国的文化是落后的。还有人盲目套用科技、经济领域之提法于艺术——"国际接轨"。这显然是一种因认识肤浅而产生自悲的心理反应。且不论世界艺术是否存在这条"轨"，而即便是有，也很难说我们能"接"得上。因为艺术的较量并非较量艺术，说到底，还是在较量综合国力。不过，世界艺术倒是真正存在一条轨——它就是艺术自身规律。谈到这里，我们不妨再思索林风眠——他在国外学习过地道的西洋画的，但他最后是以中国的工具、民族的趣味赢得了国人和西人的喝彩。以此而论，林风眠的艺术倒是真正接上了轨——他悟到了艺术的真谛！

从林风眠关于抽象画的论述，浅淡绘画语言的纯化问题
张江舟（中国画研究院画家）

从林风眠先生的艺术历程和今天我们看到的林风眠先生《劫后余生谈艺录》中有关抽象画的论述，可以看出，做为中国现代绘画的开拓者的林风眠先生，其着力于现代绘画探索性研究的立足点，显然是以西方印象派以来的现代艺术为参照的。虽然许多林风眠艺术的研究者

们认为，林风眠绘画中的线条风格源自中国传统瓷绘线条，而且画中透出的写意性、诗性追求等，都是典型的中国绘画艺术的典型特征。但是，不可否认的是，林风眠的绘画之所以打动人，正是他画中明显的不同与中国传统绘画的形式因素。面对林风眠先生的画作，我们无需太费周折即可认定，它更像西方的风景画，而不像中国的山水画；它更像西方的静物画，而不像中国的花鸟画。但无论如何，我们从不怀疑林风眠先生是一位探索型的中国画家。林风眠先生对于中国绘画的历史贡献勿庸置疑。

这使我想到，如何对待传统？中西方艺术家有着明显不同的心态。毕加索从不回避非洲木雕对其艺术方式的影响，还有非洲剪纸之于马提斯；日本浮世绘之于法国印象派等。我们也绝不会因为瑞士画家保罗·克利的类似中国书法的绘画风格的出现，而认定其为中国艺术。如何对待传统？视全人类的文化遗产为我们共同的文化资源的思维方式，显然更有利于中国画艺术的现实探索与未来思考。

林风眠先生是一位站在全人类的高度，着力绘画本体语言探索的中国画家。其当代意义，就是将中国画的研究，引向了一个更为纯粹的自身语言探究的层面。他的有关抽象画的论述，直接进入了什么是绘画语言这一绘画终极意义的思考。他将抽象画与音乐有一比，说："音乐的每一个音符是很抽象的，但是，它综合起来就能再现感情……抽象的形式在绘画上是依靠色彩、线的综合表现说话，它像音符组织音乐一样来组织画面。色彩的冷热对比，线的曲直综合构成来解决感情和观念。"

依我理解，正是抽象画中类似音乐

的，无须具体的形象描述，只需通过点、线、面，通过色彩对比、形式构成等绘画基本元素的铺排演化，即可完成情绪的传达，从而调动我们生活经验的类似情感，抽象出人类的某种精神的语言方式，才是抽象画相对于具象绘画，而更具绘画本体特质的价值所在。

虽然林风眠先生的绘画始终没有抛开具象，虽然他的作品中还有一部分表现劳动人民生活劳作的现实题材作品，依我看，林风眠先生这些作品的用功之处，已远非只是表现一个生活场景，而是借此着意绘画语言的探究，在林风眠先生的现实题材作品中，我们看到，形象的社会属性已被大大地削弱了，此时的形象仅为符号媒材意义，而透过形象，更多透出的是画面的形式意味，一种运用绘画的基本元素的铺排，一种对画面空间的精意切割所传递出的精神信息。

林风眠先生的绘画探索完全应该走得更远、更纯粹，他在《劫后余生谈艺录》中说："我认为构成的造型艺术比写实更高……我一直在想搞这样的东西。"然而，在林风眠先生说此番话的70年代里，中国大陆正值极左文艺路线的一统天下。在林风眠先生此时的创作中，我们也只能看到劳动的场面，具体的形象依然是其绘画表征，而其理想中的抽象形式的探索只能隐匿在具体的形象背后。然而，正是这批诞生于70年代那个特殊文化背主下的作品中所透出的诸多无奈与些微机智，使我们感受到了林风眠先生的诸多不易与弥足珍贵。正是林风眠先生这样一位身处特殊文化环境下，仍能坚持绘画本体语言和中国画现代性探索的艺术家所采取的超人文化策略，才使得中国现代绘画的探索历程，不致于在"文革"结束之前，一段不算短的时间里出现

空白。

俄国"十月革命"之后，一批与康定斯基同时代的先锋画家，在社会主义苏联，只能沦为印染厂的花布设计师的历史遭遇，从另一个侧面，使我们加深了对林风眠先生艺术策略与艺术方式的理解，正是这种在夹缝中求生存的艺术方式，使得我们在那个"主题先行"的极左文艺路线主导着文艺创作的年代里，看到了一个顽强地坚持艺术规律，真诚地进行着艺术本体语言探索的林风眠。

林风眠的绘画艺术
——一个开放的体系
徐虹（中国美术馆研究部研究员）

从林风眠所走过的艺术道路看，表现主义的影响始终存在。仔细分析，可以发现在他的绘画创作及艺术观念中，表现主义艺术两方面的影响都有相当典型的反映。如"桥社"艺术家对平淡和绝望的社会生活的批判，对人性痛苦的悲剧表现等，既在林风眠早期在法国和回国后不久所作的一系列以人生痛苦和悲怆主题的油画作品上出现，也在林风眠后期的艺术，尤其是八九十年代在香港期间的一系列以反省人生和人性为主题的"人生戏剧"的组画中出现。而表现主义特征的另一方面，如"青骑士"画派的艺术家，他们更关注艺术形式的开拓，要去探索和寻找自然现象背后的精神，这些也在林风眠的艺术中得到反映。在林风眠的艺术生涯中期，尤其是从40年代的重庆开始，到70年代初去香港的这段时期内，他创作的大量作品都表明形式语言上的探索成为他艺术发展主攻方向，并且取得了辉煌的成就。

在艺术活动中，联系他在早期大力提倡艺术要走向街头，走向平民，反对艺术躲进象牙塔内，反对保守落后的艺术等观点看，也与表现主义者渴望打破传统的和既有的艺术约束主张一致。而在幻想建立全新的艺术秩序，赋予艺术创造者的崇高地位，努力培养一代新人方面，林风眠与表现主义者的理想也完全一致。

林风眠在欧洲和回国初期，将精力完全放在"力行"上，认为"中国之缺乏艺术的陶冶，主要原因在于没有真正的艺术品"，所以，要使艺术在中国有地位，必须"奋起腕力……以真正的作品问世，使国人知艺术品之究为何物，以引起其赏鉴的兴趣，为中国艺术界打开一条血路，将被逼人死路的艺术家救出来，共同为国人世人创造有生命的艺术作品不可"。从这些想法上可以看出他对中国当时的艺术格局非常不满，专注于艺术本身的改革。然而，在北京艺专校长任内遇到的挫折，北京"艺术大会"的攻击，以及林风眠的南下，任校长于杭州国立艺术院，标志着林风眠对艺术与社会环境的关系的认识进一步深入了，他在《致全国艺术界书》中，从艺术的作用、功能、中国艺术的现状、补救的方法等一系列问题上，发表了自己的看法。在许多方面，尤其在对艺术作用力的过高估计，对艺术教育的重视和对已有艺术的激烈批判等方面，仍然可以看到表现主义运动的影子。而当时中国社会环境及文化生活诸方面变革的深度，与一次大战后的世界形势，尤其是欧洲知识阶层的历史反思及批判思潮的高涨有某些相同之处。林风眠在法国受到的影响以及他回国以后所体验的现实，促使他对中国的历史及现实进行深入思考，并将这种文化思考与绘画观念联系起来。

从20世纪30年代末开始，在40年代初突现的艺术形式语言试验，显然与林风眠当时处境的变化有关，很多学者对此已有过分析，不再赘述。经过50年代以后的知识分子思想改造运动，到轰轰烈烈的文化大革命期间，中国知识分子的个人性实际上不再存在，作为集体一员的体制内知识分子，始终背负着"皮之不存，毛将焉附"的原罪，已经完全失去了文化启蒙的使命感，完全失去了建立理想文化的幻想。在这种情况下，西方表现主义者的那些改变现实的理想，只能成为流水落花般的梦境。而坚持艺术形式的变革探索，显然要冒很大风险。有两方面的因素决定这种探索和变革的进程，一是个人对艺术的热爱与信心，另一方面是观众接受的程度。林风眠能在那种环境中坚持艺术形式的变革道路，在中国现代艺术史上是罕见的。唯其如此，才有可能完成创造新艺术形式的重任。也唯其如此，新的艺术萌芽和发展才有可能出现。从晚期创作看，林风眠并没有放弃早年的艺术理想和抱负。

我曾经对林风眠和关良的作品作比较研究，他们都是20世纪初出国留学归来的画家，都出生于1900年的广东，尤其他们两对西方现代绘画和中国本土艺术都怀有浓厚的兴趣，但他们的作品却表现了不同的风格追求。从他们两人的戏剧人物画看，关良是在画面上"搭"起舞台，制造出舞台的幻觉；林风眠压缩了舞台空间，使绘画只成为绘画。关良所画的戏剧人物是一出戏一个片断的一瞬，是一条直线上的一个点，观众可以从这个点向前向后，以串成一个完整的故事情节；林风眠的戏剧人物画压缩了情节，在一个平面中同时展开所发生的事件，有关的事件和片断和人物，像符号般地浓缩在这个平台上，观众既可以选择其中片段想像情节，也可以通过画面给与的整体气氛去感受画家的感情。关良关心戏剧及剧中人物，通过人物身份和剧情的展开，通过观众对剧情的熟悉和把握来表达客观的是非善恶观念；林风眠画的是他与戏剧的关系，比如，他看戏剧时更关注戏剧形式对他感情所产生的作用，他用绘画的形式将这种情感传达给了观众，表达了他的人生态度和爱憎。关良画的是舞台戏剧；林风眠画的是心中戏剧。从这两个画家的戏剧人物作品的比较中，可以看出林风眠绘画所具有的开放性。

从林风眠的绘画形式看，他对西方表现主义、立体主义、野兽主义艺术都有所吸收，同时也汲取了中国传统艺术中的水墨画、皮影、瓷器及原始陶器上的花纹艺术。这些不同质的艺术资源，经过他批判吸收和积极融合之后，以新的文化意味出现在他的作品之中。比如，立体主义的结构分析与中国皮影平面结构的融合；立体主义的结构、表现主义的激情宣泄和中国水墨写意的自由灵动的特性融合，画出了大量独特的戏剧人物画；瓷器描画的流畅与水墨画的表现性结合，加上马蒂斯的优雅简洁，创造出具有东方古典理想精神的女性人物；立体主义的结构与表现主义的气氛和情绪融合而成的静物，既有东方的神秘色彩，又有西方现代绘画的形式意味……然而，他摒弃了立体主义者十分重视的四维空间以及拼贴等处理手段，用东方艺术特有的诗性抒情柔化表现主义强烈的主观精神，从而使他所创立的形式趣味更容易得到中国观众的情感认同。

他的艺术发展也呈一种开放的态势。在他的艺术发展过程中，不断增添新的内容，开拓新的空间。他说毕加索东碰

壁、西碰壁，终于开创出新的艺术可能性。他自己不也如此？从今天看，只局限于本土资源的态度是一种封闭，只顾及西方艺术市场和艺术行情的作为，也是一种封闭。而林风眠艺术的全部意义，就在于他对他的环境，无论是社会环境还是艺术环境，都以一种林风眠式的开放姿态与封闭作不懈的斗争。

一点感想
毕克官（中国艺术研究美术研究所研究员）

研究林风眠的艺术思想和艺术实践，有必要特别关注五六十年代——近20年的"左"的政治运动不断的年月，而这一时期，正是林先生艺术的成熟期，其有代表性的精品，多出自这一时期。他的手没画"又红又专"的红砖头，没画革命圣地，没画大寨田，只画《鹭鸶》、《秋林》、《仕女》，探寻着中西艺术的结合点，当时，在宣传和文化主管部门默认的一条小夹缝中，他一声不响地画他的画。他20年代开始就没有象同代人中的某些先生那样走上社会革命的道路（这当然应当肯定），而是走着探索纯粹艺术的道路（这当然也应当肯定），他追求的是净化人心灵的美的境界。他在后半生，沉默寡言，从不与人争论。但他坚持自己的艺术实践，以作品为自己的艺术主张和艺术心灵呼喊。所以实际上，他从来也没有沉默过。

参加这次研讨会，我个人有一个没有想到的收获——大家谈到林先生向古瓷绘画学习，汲取营养。丁羲元先生更以具体事例证明问题，例如，林风眠画鸟的长线是学自瓷绘，那是炉火纯青的线条，还有流水作业式的绘制方式，也是来自民间艺术。这些事例，告诉我们一个信息，向林风眠这样的艺术大师，学习传

统，绝不仅是学习纸绢绘画，也不仅只学习明清文人画，而是全方位的向各种传统艺术学习——特别是民间美术。可贵的地方还在于，林先生学成功了。说个收获，正在于这一事实，它支持了我的一个观点：古代绘画与古代瓷绘有千丝万缕的关系，研究中国绘画史，有必要关注古瓷绘。依我个人浅见，八大山人是受到明青花瓷影响（我已写文谈了看法），现在又有林先生，这都给了我们很大的启示。林先生文章中，谈了很多关于抽象绘画的问题，也谈到中国古代陶瓷上的抽象绘画。我们不妨扩大视野，从更广阔的天地审视问题，这有利研究的深入发展。

最后说句题外话，诸位要关注古瓷，不必花钱买古董，也不必劳神去捡瓷片，就请到我寒舍走走。一定热情接待。

林风眠艺术思想对当代的启示
徐琛（中国艺术研究院美术研究所副研究员）

在研究《二十世纪中国工艺美术》过程中，涉及到与林风眠先生同时的陈之佛、庞熏琹等工艺美术家及时代关系问题的研究，在这些与中国美术事业同步发展的人物命运的演变中，有许多值得今天的我们认真思考的问题。

他们作为20世纪中国现代艺术的开拓者，在实现人生价值、艺术理想的过程中，借助自己热爱的艺术来凸现人生的价值和意义。在20世纪国家危难的时刻，他们选择以艺术来实现报国的志向。在法国等欧洲国家游学经历坎坷、不幸与歧视，同时他们也得到来自各方面普通百姓的同情、理解与支持。

他们在面对重新选择人生的时刻，毅然选择回国，选择用自己的艺术之梦来拯救国家命运，如陈之佛以自己的艺

术实践来实现人生抱负，庞熏琹先生最早创立工艺性质的社团来改造社会，林风眠先生则用自己的艺术教育思想启迪青年，正象郎绍君先生发言中谈到他为实践"为艺术而艺术"的人生目标，用自己的人文理想、知识分子的热情来表现战争环境中不仅来自自由知识分子，而且属于全人类的普遍追求。

由于历史的原因，在20世纪后半叶中国的艺术教育思想呈现出几种不同的发展脉络，造成林风眠先生近半个世纪的沉默与寂寥。经过20世纪80年代末、90年代初以及20世纪末期对林风眠先生思想的回顾与追溯，我们再来审视近100年中国艺术发展道路的时候，我们检视到了些什么？

1.应该看到世纪初引发的许多关于艺术问题的讨论，在今天仍然被重新检拾起来，并在不同层面被不同的艺术实践者从不同角度进行检验。

2.从世纪初延续过来，在近100年的历史中几条交织、平行发展的或强或弱呈现艺术选择的不同道路一直在较量，并在不同时期显现出其作用或力量。

3.林风眠先生青年时期选择的为艺术而艺术的理想是否会遭遇挑战，不仅在他年轻时、中年时甚至晚年时遭遇挑战，在今天是否会再次遭遇挑战？

超越人生、超越现实的目标选择使他曾经孤独、寂寞，那么他的艺术人生对今天的启示是什么？是一种标杆，一种传统与现代结合的文人理想境界。今天来选择，是否意味着一种的传统的重新提倡？也就是：既追求传统文人"达则兼济天下，穷则独善其身"的抱负，又体现现代文人对社会、世界、人生的冷静评判，并以一种冷峻而带有深邃意味的审美态度来表达自己的人生态度。这是否就是林风眠艺术人生以及思想对今天启示？

林风眠 冬 1959年

林风眠 屈原 1989年

自 在 范 扬

主持人：许宏泉（《边缘·艺术》主编）
画　家：范　扬（南京师范大学美术学院院长）

吴冠南（南京师范大学美术学院特聘教授）
时　间：2001 年 12 月 30 日
　　　　2002 年 1 月 3 日
地　点：宜兴吴冠南画室
　　　　南京师范大学美术学院

现在的画家（当然是一部分画家）挺忙。范院长的访谈南下三回这才搞定。有趣的是吴冠南与他不在同一地方，南京、宜兴虽然相距不远，却难将二人聚到一块，倒是这回的访谈真的有点像电视节目中的晚会现场和分会场了。因此，我们的对话也只好时时来个"镜头切换"。

许：在北京许多人提到范扬便想到吴冠南，而一提吴冠南也自然想到范扬。我想，你们之间一定有很多共同点，而对于大家来说，可能还因为你们都有点"黄宾虹"。

吴：范扬是我的领导，撇开范扬好坏不谈。就说学黄宾虹的，有赖少其、有龙（瑞）。很多人学黄宾虹只学方法，没有真正理解黄宾虹。我学黄宾虹不学方法，只学精神，学黄宾虹达到我这种境界的不多。

许：你和范扬都很自信，我听说范扬有点狂，我很喜欢狂的人。

吴：范扬不狂。

许：那就说说范扬的画。

吴：范扬的创作不如他的写生。范扬的写生非常好，如果他的创作能保持这种状态就了不得了，但这还需要一个过程。

许：范扬最近参展和发表的作品大多"写生"味很浓，较之你以前的传统类——那些明显带着董其昌、石𧮩、黄宾虹影子的作品以及后来的那些"青绿山水"显得更鲜活，这也是现代很多学院派画家对写生迷恋的根源。有位南方画家对我说，北方人不带我们南方人玩。我想北方画家可能是不屑南方，尤其江南一带画家的阴柔秀美。这点我们暂不论。张江舟跟我说，南方的范扬好，没有学传统带来的习气，我想可能就是你的这种写生味道让人觉得很洒脱、痛快。但，没有古人习气，就未必没有今人习气。我与冠南有同感。如果是这样，我们可能会将你的作品当作"写生"来看。

范：我近期的作品确实很有写生味，虽然不是对景写生，都是我根据写生稿整理创作的，而且我非常注意保持着当时的"现场感"，那种面对自然的感觉，把这种感觉强烈地表现在画面上，所以，就不再拘于从前的那些关于笔墨上的斤斤计较，活活泼泼，有的连款字印章都不要，就像个写生稿子。当然，我不认为我的这种状态会影响我的创作，以同样方式同样的感觉我也创作了一幅很大的作品，画的是西藏，场面很大，就这幅《望果节的游行队伍》，从早上 7 点到晚上 7 点，一气呵成。你看不是很"作品"吗？完全符合"主题创作"的要求嘛！说句不好意思的话，竟有点"文革"期间报头的感觉。

许：这种色彩倒真的有点文革味，也算中国特色的波普吧！

范：对，我发现，报头最能旗帜鲜明。

许：我觉得你有点像黄宾虹，一眼就可以看出。现在人都很强调图式，倒是因为你强调了黄宾虹的随意性，反而显得生动，你的运笔仍然难脱学院派速写的干系，不像黄宾虹那样内敛、沉厚，甚至有点洋味，印象派的味道。

范：你说得对！范景中很厉害（我们高薪聘请他做我们的客座教授）。他很懂，一眼就看出说我的画是"东方的黄宾虹加西方的凡高"。

许：说像凡高，那张人与牛（《农夫与耕牛》）倒真有点像凡高。笔触排列、素

许宏泉（左）与范扬（右）在一起 　　　　　　　　　吴冠南

描因素，包括整个形式感。

范：这张画很大，比丈二还大。我把这张画在展览会上挂出来的时候，我忽然发现这画的里面多多少少还有点徐悲鸿的影子！这个真的没办法，他是一个整体的文化氛围的笼罩，逃不脱这个氛围。我认为徐悲鸿代表着当时先进的文化。我从学院系统下来，比较写实。

《农夫农妇》我也比较喜欢，有点像米勒，虽然只画了两个人的背影，也没有什么表情，却反映了农民的本质。

这张《小电灌站》已经被中国美术馆收藏了。当时我觉得真的有点像凡高，凡高的笔的走向，有点盘旋起伏、循环往复的意思，这很符合中国美学的基本原理。我把这个皴法都强调在短线条的节奏上，这就很像凡高。你说我像黄宾虹，黄宾虹用点，我几乎没有点，只有短线条。董其昌也没有点，王蒙有点。蛮有意思的。

许：金陵画坛从来是山水画的一个重镇，但人们对江南的感觉总有点"小

道"，对当代江苏绘画整体认识，你作为其中的一人有什么样的感觉？

范：阴柔唉，确实是这样。六朝以来，这种秦淮烟水的脂粉气确实有，这是一个大文化的氛围，他是追求柔美的，柔美虽然很好，但他的总体是弱势的，精神不怎么健旺，就像苏童写的江南情趣。

许：你在画面上强调一种跌宕恣肆的意趣，是否考虑到有意识要摆脱这种氛围？

范：对南方绘画技巧的整体认识，我也有判断词唉，就像写论文一样叫关键词，叫"小巧腾挪"。北方的画整体来说是雄强，大气一些，但往往缺乏韵致。而南方讲究的就是韵致。可能是地域的关系，北方人不像南方人，南方人生活在这种烟雨迷蒙的韵致之中，我们从小看的是黑瓦白墙、小桥流水；北方人见的是红墙琉璃。两种不同感觉也渐渐地影响了不同的审美趣味。我觉得在江南的画家里头，我还是跳出来的，我比较的狠手

一些。

许：是比今人狠还是比古人狠？比如你很陶醉董其昌，董其昌不是狠手，董其昌的美恰恰就美在一种平淡天真的韵致。

范：我和古人确实不同。古人比较静，我画的有动感。我分析，这是时代使然。现在的人要说静，真正的静下来，那是假的。所谓大隐小隐，是因为你不静不隐才想去追求它。我想，作为画家，你的心态必然静，画面却是跳跃的，这种矛盾你真正处理好了，就不样了。就像我的画在意境上还是深远的，耐人寻味的，我的笔却是跳跃的。

许：现在人都强调"笔墨当随时代"，就像你说的，现在人很难静下来，我们都很浮躁。你虽然强调"跳跃"了，这种"跳跃"的结果你很难说不是一种浮躁。痛快是痛快，韵致却未必有了。江南的韵致恰恰是一种特殊的美，是文化的积淀，从另一个角度来看，也是沉厚。

望果节的游行队伍　180cm × 356cm　2000

雁荡春色　24cm × 120cm　2000年

无人意趣　100cm × 40cm　2001年

吴：我们是南方人，南方的精致很重要。

范：是的，很有难度。所谓沉着痛快，我不是说我已经做到了，可我之所想，我的追求，我的路子就是要在痛快中能沉重。这是中国美学的一个较高的层面。

许：95还是96年你画的那幅"黄山"，叫《松荫清谈》，收在《现代名家画黄山》作品集中，古人的影子很明显，还比较工，有点青绿，可能你觉得太传统了，便一下想摆脱它，便成了现在的状态。

范：对，那张画一看很古气。我有一种说法可能有点土，我想那是我师古人的阶段，现在则已刚刚步入师造化阶段。他们认为中国画穷途末路，我认为是柳暗花明，我的前头有很多路可走，往这边靠是路，往那边靠又是路。比如每次写生，每次看到古人的画，我都会有新的体验。我觉得我正处于一个柳暗花明的阶段。过去人们说画山画水，再画技法。我这些画大都是有写生和速写的，在我创作时，我根本不考虑什么技法，仍然像是面对山水，表达我画山画水的感受。事实上，已经回到我学画时面对自然最初的感受，那时哪会考虑什么技巧，只会全身心的投入创作。我觉得一个优秀的艺术家，应该像个超声波仪器，非常敏感，你心跳，那个图像就随着变化。直觉告诉我只有这样对生活对时代高度敏感，才能站在时代高层。否则，你不能感觉自然、感觉时代、感受他人，也很难引领时代潮流。

许：我觉得你的写生小画之所以耐看，可能是用笔控制的住，大画就不容易。

范：这个用笔，我觉得自古以来也有两种说法，一种是快速的，笔所未到气已吞；还有一种是所谓的"五日一山，十日一水"。这两种状态没有高下文野之分，你如果画出了你的本性，那么你就找到了艺术的真谛。

吴：现在人学黄宾虹大都简单化了。简化了黄宾虹，包括石谿。石谿只是简逸、取巧，你若能繁，繁到不能再繁才叫本事。龙瑞也僵化，将黄的模式僵化了，范扬就没有。

范：龙瑞很好！龙瑞是大哥，你回北京代我向他致敬。这大哥可是职称噢，不是瞎封的。有一次在京西宾馆举行笔会，台上铺了丈二匹纸，很多人，龙大哥说，范扬你开笔。大哥有大哥的胸怀才行。龙瑞虚怀若谷，当然，龙瑞的画也好！

吴：龙瑞好就好在把山水画的程式化的东西破了。古人强调"三高三远"，如果把它扔掉，拉成平面，可能更有趣，可能也是一种方式。

要变的不是方法，是观念。

许：按时下的说法，吴先生也可算作"自由画家"，过去有句词叫"自学成才"，现在你被范院长聘请为客座教授，让我想起当年徐悲鸿请齐白石上课堂一样。说起来，从中央大学到南师算是一种渊源吧！吴冠南的成功，对学院派教学体制来说可能有点启发。

范：敲响警钟！

吴：美院是"混血儿"。学院派的画家几乎都是用西方观念画中国画。从林风眠、李可染到田黎明都很理性。中国画不要理性，随意，靠的是积累。刚刚在电视上看到一个企业家在谈中国文化。他讲，中国人讲七仙女，讲仙人，跟凡人一样，说他上天就上天了。西方人讲天使，必须给天使安上一对翅膀，这是两种文化的差异。中国人是抽象思维，西方人是形象思维。而现在很多学院派的人就是要崇洋，5000年的文明，到今天，中国艺术可能都要变成泊来艺术。

范: 学院固然有他的教学模式，由来已久。刚进美院我写信给同学，说可能要走弯路，我说走弯路就走弯路吧，还不一定走弯路，就算是练了脚劲、脚力。所以那时我画油画半年，画素描画了一整年，后来再回到中国画，山水、花鸟、人物都画，我觉得这很有好处。你看现在，无论是什么我驾驭画面都能得心应手。我对色彩的把握主要就得力于画了半年的油画。你看那幅"新疆"，色彩都是一笔笔画上去的。

我们这一代人的优势还在于对西方绘画的了解要比前一代人深刻，我们对西方艺术的理解同样要比西方人对东方艺术理解得深刻。

所以，讲到学院派这个问题，我们不能一概否定。我认为20世纪所有的美术事件、美术运动都是学院提出倡导和推行的。徐悲鸿当时积极倡导改革，他的很多主张都是康有为的，康有为说，现在300年的绘画不可以看，"四王"味同嚼蜡，中国画学衰败之极，徐悲鸿跟他一模一样。我告诉你，徐悲鸿是康有为的学生啊，磕过头的啊。徐悲鸿的书法多好，比现在很多书法家都好！就得力于康有为。再说了，20世纪最杰出的艺术家也基本上都是学院的，林风眠、蒋兆和、潘天寿，就是齐白石也进过几天学院啊，而其中百分之八十是我们中央大学的，像李瑞清、徐悲鸿、傅抱石、吕凤子、陈之佛、杨建侯，等等。

许: 对范院长刚才说的，我有三点不同的看法。

首先，你本人对学院派的认识，你的成功感觉并不能说明整个院派教学的成功。它具有偶尔性、特殊性。比如你中午谈到的，你上学前就曾广泛的接触了民间艺术，并与黄永玉、袁运甫和你叔叔范曾他们这些前辈有过交往，用你的话来说，得到高人指点啊。黄永玉告诉你：拿毛笔临古画，再画写生，就成画家了。这些美院的老师也不主张你按部就班画素描、色彩。而现在很多学生不一样，他们从学校到学校，没有这么多的经历，这个问题不多谈了，上次和陈平就谈过。

再一个问题，你提到徐悲鸿的思想受到康有为的影响，我看这主要还是个人认识的问题。同样是康的门人，刘海粟就积极张扬艺术自由精神。论书法，徐固然不在刘之下，但徐先生书法那么好，他画竹子的时候，却要用排刷。我觉得他从法国回来就是想要标新立异，又不知从何做起。主要还是对传统认识不够。

第三个问题，你说到20世纪的美术运动源于学院，这是时代的必然。而范院长罗列这些大家，虽然在学院，在中央大学呆过，但他们有几人是学院培养出来的呢？还好，正是因为他们有各自独立性，才培养出来不少优秀的学生。设想，李可染不跟齐白石、黄宾虹，如果跟徐悲鸿行吗？范院长将吴冠南聘为你们学校教授倒真是值得鼓吹一下。

范: 你说得很对！我们这一代都很重视传统文化的积累。现在学院派的这些学生确实做得不够。他们先学素描，再画国画，感觉不一样，像吴冠南，他是直取，他也关注西方。你说徐悲鸿有局限。凭心而论，徐悲鸿到中央美院推行的那套教学法到底是法国的艺术，尽管不是印象派，比起苏联模式还是好些。

许: 还是一个观念问题，对传统的态度。吴冠南有底子，有传统的根基，他看西方、学西方，知道怎么去把握，不会把自己丢了。

范: 吴冠南的花鸟画在当代是独树一帜的。你说得很对，他也尝试构成，不管怎么样，有期大成。

吴: 我觉得中国画倒没有穷途末路，花鸟画真的穷途末路了。花鸟画的语言简单，所以我借山水的语言和技法来丰富我的花鸟，花鸟画没皴，我有皴，反复皴，扩大架构，丰富语言。我觉得在花鸟上动点脑子的只有我。

许: 范扬倒是玩过不少花鸟画，也是黄宾虹的那一路。有一点我觉得很有意思，范先生和吴先生都很洒脱，画得很轻松。

范: 我的心态一直很好，我管他什么穷途末路，且看我柳暗花明。我很自信，我觉得这些"写生"能代表我现在的水平，传统一路也要拿出来；我觉得传统还没有走完，就是到了黄宾虹也没走完。我觉得传统笔墨是一个高智商的游戏，千载之下，多少人在玩，我也要拿出来玩一玩，还能玩得游刃有余。你看我的画，古人也找不出我这一家，传席曾经写过我，你看我的画。

我的心态一直很好。画画嘛，就要横涂竖抹，套句金庸的话，飞花折叶皆可伤人。这是一种境界，无论是什么手法，无论是什么办法，都能直接表达人的感受。这就看你的聪明，你的才智，就像围棋一样。但有一个审美的准则必需把握，就是要有中国气派的，有中国的审美精神，比如浑厚，气脉不断，高尚，不是取悦于他人的。我从来不考虑别人喜不喜欢。为什么啊？一个人生活在社会中，方方面面都受到牵制，无数牵制。在学校受到人事牵制，在家里受到老婆牵制，只有绘画这块天地不受牵制。我说了算，天马行空。在这里，我如果还要受到牵制，那就太可怜了！

许: 前些日刘二刚还对我说：画家

最大的本事就只能在纸上发发威吧!

范: 对! 这就是我热爱的绘画的原因, 我很庆幸我学了画画。我爱人给我写了一篇文章, 说范扬是个美术爱好者, 爱好者! 一天不画很难受, 什么院长那些都只是说说, 就是一个美术爱好者!

吴: 画画已是生活的一部分。

许: 是真的热爱艺术、热爱绘画。我的老家, 那个小村庄, 没有一点画画氛围, 我的父母字也不识, 不知怎么的, 我从小就喜欢画画。过年了, 那时候街上没有年画卖, 村里人便找我画老虎中堂, 画飞机、大炮。那是真的热爱。画画是最大的唯一的乐趣。

你说这六朝故都、秦淮烟水, 无论是袁枚、傅抱石、亚明, 还是你范扬, 吴冠南也算, 不都向往一个自在。自在何在? 亚老说过"画画就是为了快活!"范扬说得很对, 何必讨好别人, 也不要背上什么沉重的使命感。

范: 对! 我们生活在这里, 我们很珍惜这种境界。六朝文化、讲求清淡, 我们今天的谈话就很有点清淡的味道, 很随意。

岭树溪流　120cm × 60cm　2000 年

本辑
推介画家

程大利　邓　林　龚文桢　敬庭尧
李延声　甘长霖　康金成

我说程大利

■ 周韶华

程大利近照

程大利 1945年生于北京市通州，中国美术家协会会员，中国美术出版总社总编辑，出版画集和文集多种。

近观大利兄的西部山水系列新作，发现他在20世纪90年代中期的基础上又有突破，彻底告别了过去的"才子风味，江南情怀"，转而为对西部山川雄浑、苍茫和沉郁的眷恋与讴歌。即使像夕阳流火那样的画面，象丝路古道那种炽热焦灼也都呈现出某种苍凉深沉的意蕴。属于浩气动天地，波涛壮国风那样一种审美境界。这种艺术情怀与艺术表征已提升到"生命的回声"这种语境，是画家对人文精神的主动把握与切入，这确实值得赞赏。读过这批新作，人们很自然的会与唐代诗人陈子昂的"前不见古人，后不见来者；念天地之悠悠，独怆然而涕下"的慷慨悲歌联系在一起，因此不难理解，他那吞吐西北雄风的画作为什么会如此浩渺。这些作品既是对5000年传统文化精神的领悟，又是对艺术语境当代性的探索。

在20世纪最后的几年，大利兄对西部山川情有独钟，倾其全力于对自然生命的破译与开发。他数上祁连山和昆仑山，赴塔克拉玛干和帕米尔高原，两进西藏，曾作过对高原民俗的探访。站在地球的屋脊上，脚立地，头顶天，与造化相对，目睹星移物换，"横吞百川水，仰喷三山雪"。大有"浮舟沧海，立马昆仑"之气概。此时此刻，人同自然交融一起，进入"众妙之门"，与"玄之又玄"的"天、道、气、神"贯通为一，把对生命或生命的表现作为艺术真谛来追寻，极大地开阔了画家的视界，胸襟也自然地溶入了宇宙之中。

程大利的这批新作之所以说它是力作，是新突破，是因为他把物象转化为心象，心象迹化为形式，在形式中注入了生命，变成生命的回声，每幅画都是一个新生命的诞生，与"道法自然"有了机缘，真正开启了艺术的天机，与汉唐雄风有了某种延续性的联接，是对传统文化精神的真正继承。

大利能画出他自己独特的感受，与他的整体素质和特殊的文化身份有关。他知识功底厚，且善于学习和思考，在美术家中是属于关注学术、有人文关怀精神的人，这可能与他的生涯有关，对新知识敏感，也是他的特点之一。我敬佩他能浩然临事，正气接物，就象一幅古联所云："春风大雅能容物，秋水文章不染尘"。他以学者的修养，理性的智慧，敏捷的思维，善待一切。在工作中，他多谋善断，并善于团结人，为人善良又具大胸怀。他不仅是优秀的美术出版家和组织领导者，并且是位杰出的画家和评论家。但是我感到他的负荷实在太重了，常常是精力透支，负累不堪，我真担心有一天会把他拖垮。我诚心希望他以后能节劳，有张有弛，能活的轻松一些。君子要成大器，要成为黄钟大吕，需要生命和时间来磨砺。谨此与大利兄共勉。

西部山水之二　69cm × 69cm

心事浩茫　意境苍凉

——观程大利西部山水画

■ 梅墨生

在我眼中，程大利不仅是一位画家，也是一位学者，他是站在史论的高度去选择自己艺术道路的艺术家，这是他与一些当代职业画家的一个内在区别。当然，程大利还是出版家，过去现在他都曾编辑主持出版过那么多的出版物，有的还获过奖。他是"业余"的画家，但他是无愧色的理论家，有理论文集《宾退集－灯下谈艺录》为证。从他的出版家身份看，他的理论行为也是"业余"的了，但是我可以说：程大利的绘画水平与理论水平都是很高的，一点也不"业余"，是专业中的高手。因此，程大利应该属于现代意义的文化人—知识分子。他的艺术创作中有理性的智慧，有学者的修养；而他的出版、创作、理论又三位一体，闪烁着思想的光芒，凝聚着这一代人的文化理想与对社会、人生命运的思考和关切。我想，仅凭这一点，我们便足以确立程大利的特殊文化身份，并正确估价他置身的艺术制高点。我以为，正是有他这样的文化人续接中国文化的命脉，民族文化才得以薪火相传、发扬光大。

当今世界，画家如云。然而画家群体中的文化贫血儿与思想矮子实在太多。程大利的秀出颖立并不出于偶然。他的天分与勤奋都是一流的，而他的出版人职业又为他提供了视野与眼界的开阔与便利。他生长于秀美的江南又周游了祖国的东西南北，终于在知天命之年后又北上工作，这一切都潜移默化地磨砺了

他豪放而深沉的性格与气质，并孕育了他敏而好学、学而多思的生命基调。程大利个人气质的复杂丰富却是以直率、真诚与豪放为显露的。直白地说，他思想复杂而情感真挚，是"心事浩茫连广宇"（鲁迅句）的，又是"半如儿女半风云"（齐白石句）的。画境是心境之反映。程大利精神世界的"壮士拊创，浩然弥哀"（《诗品》句）终于物化显现为他艺术的融古汇今与艺术气象的"大风卷水、林木为摧"（《诗品》句）。程大利的艺术道路是由传统而求证于现代、使文人画而融汇于画家画，他力图置身于古今中西之间，杀出一条个性而却含蕴着时代文化气象的独特审美之路。他曾在南京等江南文化名城生活工作了20余年，饱受南方文化的浸染，但他认为自己的内在世界更为神往北方特别是大西北那壮阔雄浑、苍凉野旷的壮美风光，为此，他个人多次自费抽暇往游，吞吐西北风，以浇自我胸中块磊，大概，这也是一种文化人的文化之缘与命吧。

唐代诗人陈子昂曾在诗中慷慨的歌："前不见古人，后不见来者；念天地之悠悠，独怆然而涕下。"——其实，这种悲凉感慨、独立苍茫绝非仅属于陈氏个人，它是一种心灵放逐者与思想独立者的文化共语，勿宁视之为一种诗意的精神寂寞的象征。就我了解，程大利的精神世界是独特的、是诗意的、是孤愤的，自然也是苍凉的。透过他待人处世的热

情和广交朋友，透过他周旋世俗间处理事物的干练利落，我们应该领略到他那遗世独立的心绪和不免于进退出入于世俗间的无奈与困惑。这种困惑、无奈、孤寂、苍凉，深而究之，难道不是历代有良知的文化人所共有的吗？我以为这种可感难言、期默于千载的东西，正是传统文化精神的慨慷悲歌与千载寂寞的意绪，其境界之深远浩渺、之苍凉旷阔，真是非斯人难与言！正是因为有了这种"独立苍茫自咏诗"（杜甫句）的心境意绪，才有了程大利的西部山水系列作品。我始终认为：关于文本（作品）的解释肯定是"诗无达诂"的，但制造文本（作品）的人本却是唯一的，是不存在或然性的。因此，程大利的写意山水才有了骨脉和魂魄，才有了一种遥接太古而又伸延向未来的某种精神与文化内涵。世人妄谈、奢谈"写意"，而我以为在大多时候简直是对民族传统绘画写意精神的亵渎。写意者，写人文关怀之可画难言之意绪、之意象、之意境也，舍此而言写意，岂非是一种误会？！

具体地观察程大利之西部山水画，我们才会通过其视觉图式的浑茫、浩大、苍凉、雄壮、沉郁、等等表现，去感应艺术家深在的文化反省与心灵独语。画家用奔突热烈的笔墨语言述说着一种生命的壮烈沉重情绪，由此不难赏会到画家的美学境界的崇尚、壮美和悲凉。

其艺术语言上的追求迷濛漫漶、水

墨氤氲，来自于程大利的现代文化省思。就我所知，程大利崇拜传统文化，但又不囿于传统观念，他的文化视野是活泼的、开阔的、发展的，用简单地传统和现代两分法来分析他的文化理想一定有失偏颇。我以为，程大利之与人不同处，首先在于他的艺术思想的清晰理性，在于他文化立场的高瞻远瞩，在当代艺坛，不能不说，这是一种难得的品质。

有独思、深思然后才会有有力度的艺术表现。艺术的动人心魄处必在于艺术的灵魂与精神含量。有上述然后才会有真写意、大写意，我欣赏程大利先生西部山水画系列时，最大感触即在于此。仿佛他的山水语言告诉我们的不只是要沉湎于语言本身，同时还要"心游万仞，神骛八极"。

荒嶺天籟　69cm × 69cm

河西寻梦　69cm × 69cm

黄河以西的寂静
69cm × 69cm

古道
12cm × 12cm

念天地之悠悠　69cm × 69cm

悠悠陇原
69cm × 69cm

西部山水之一
69cm × 69cm

丝绸古道
69cm × 69cm

群峰云起
69cm × 69cm

驼铃已逝
69cm × 69cm

风雨司驼
69cm × 69cm

走向历史，回到未来
——解读邓林艺术

■ 薛永年

邓林近照

邓林 1941年生于河北省涉县赤岸村。1967年毕业于中央美术学院中国画系，现任中国画研究院专职画家。中国美术家协会会员、一级美术师、中国国际友谊促进会副会长、澳门中华文化艺术协会名誉会长。

20世纪就要过去了，在这风云激荡的百年中，社会的古今转型，文化的中西碰撞，前所未有地改变了美术家的存在条件。怎样认识并且把握古与今和中与西的关系，一直是所有画家面对的大问题，对于崛起于新时期的邓林，当然也不例外。一谈到邓林的艺术，人们总会联系到她独一无二的特殊身世。诚然，她的家庭背景毫无疑问地铸成了她的性格，也影响了她的艺术，然而，邓林艺术的光辉却主要来自她别出心裁的创造。与另些画家不同，邓林没有把中国画与西洋画对立起来，没有把未来与过去一刀两断，也没有把传统视为创新的绊脚石。在邓林的艺术中，传统与现代既并行不悖，又互为表里，西方与东方既存在区别又可以相通。一方面她能够从现代意识诠释传统母题，使尘封已久的传统重现辉煌；另一方面，她又善于发扬传统图式背后的原创精神和语言魅力以开拓现代水墨画的新领域。表面上她的绘画不断走向愈益遥远的历史深处，实际上却回到了更加切近现代精神的当下，甚至不乏某种超前性。正是在这个意义上，我觉

得曾为邓林撰文的韩杰（Jeffrey Hantover）以"回归未来"为艺评的题目，并非外国朋友的辞不达意或故作惊人之语，而是悟到了邓林绘画的妙处。

邓林学画始于50年代末，"文革"后重新拾起画笔从事创作是在70年代后期。自80年代后期走向成熟以来，便有两种并行不悖的艺术面貌出现在她的笔下。一种是形态上"不远离前人轨辙"的大写意花卉画，另一种是彩陶纹样幻化的抽象水墨画。邓林对大写意花卉画的兴趣，可以追溯到五六十年代。50年代末她从学于小写意花鸟画家汪慎生时，便表露出对八大、石涛大写意作风的情有独钟，致使因材施教的汪先生改变了教学方向。60年代她进入了中央美术学院中国画系攻读之后，更因师从李苦禅先生，发展了对大写意花鸟画的兴趣，奠立了讲求笔墨并且研习汉魏书法的基本功。不过由于10年"文革"的风雨，邓林以大写意花卉画的形式进行创作已是1978年了，最早的作品便是在改革开放第一春参加北京中山公园内"迎春画展"的梅花。这幅题为《报春》的传统形态的水墨大写意花卉，虽然在艺术形式上尚不十全十美，更不讲究素描式的写生功夫，但充满激情地歌颂了老干新花的一片生机，抒写了内心的感受。此后的20年中，邓林一直在大写意花卉画中探索中国画的

出新,一直以大写意花卉画披露自己的精神世界,大体经历了三个阶段。

70年代末至80年代中后期,邓林的大写意花卉画取材较广,虽以梅花为主,但也画松、竹、菊、蕉、荷花、枇杷、藤萝和葡萄。画法也大体是传统的,既大面积的留白,又以大笔头的水墨挥洒。尽管邓林说这一阶段她不过是把多年荒疏的艺术捡起来,但已经不难看到两种有别于前人的迹象。一是追求比前人更宏大的气势和更雄厚生辣的笔墨,取象务求简洁,构图只要一大开合,不在枝枝节节上刻意求工,而在表现恢宏大气的整体感上用力;二是在饱满、朴茂、雄肆和凝重的意象中,不仅如邓林所期望的那样抒写了乐观、奋发和开拓的感受,而且也时而在生涩不畅的用笔和郁结不爽的用墨中流露出被粟宪庭首先指出的某些苦涩、焦躁的胸中块垒。因此,虽然这一阶段邓林的绘画不无瑕疵,但却在以现代意识表现她这样一个人对世界的感受上更丰富而深入了。

中国的写意画,是一种离物象较远离心灵较近的艺术。在写意花鸟画的发展中,尽管也离不开题材的更加丰富,形象提炼能力的提高,但自明清以来惯用的题材已经成为一种母题,甚至成为了一种容纳特写历史文化内涵的典故,而对典故的运用和对母题的阐发,却离不开画家的个性、识见、体验以及表现个性、识见、体验的笔墨。惟其如此,邓林才在"笔墨当随时代"中显露出个人化的感受。她作为中国改革开放总设计师的长女,对历史、对时代、对世界感受的独特视角,造成了作品的吞吐大荒和雄浑气象,她"文革"前后随父浮沉的境遇,新时期中她为不给父亲带来负面影响而在日常生活中约束自己的结果,反而使

某些潜意识在大写意花卉画的笔墨中表现出来。

80年代后期,邓林的大写意花卉开始集中于梅花,她既画墨梅,也画红梅、绿梅。与前不同处有二:一是写干发枝突出纵横纷披,二是勾勒花瓣点染色彩之后大面积地滴洒墨点与色点,造成缤纷烂漫的气氛。就画论画,这种面貌的作品大多在艺术上有欠完美,但却显示了以开放胸襟吸收西方艺术的尝试,那种淋洒墨点、色点的画法,就似乎有意无意地吸收了美国抽象表现主义画家波洛克(Jacksen Pollock)的自动技巧。只是波洛克全赖偶发性,邓林却是半自动的,是既有控制又不完全控制的。这种引西入中的风格没有持续几年,便随着邓林推出了更为引人瞩目的抽象水墨画而归于沉寂。

进入90年代后,在邓林的绘画创作中,与抽象水墨画并存的大写意花卉画,是一种回归传统的面目。就取材而论,仍主要是梅花,但时与别的花卉或器物结合,或画红梅青花瓷,或画松梅,或画蕉梅,或画红绿梅,或不画梅花而画芙蓉或荷花,等等。就画法而言,则布局突显了对比映衬,愈发简洁空明,笔墨强化了精炼内蕴,更加遒美有力。画中一切都像已往一样充满了生机,但画家要表现的已不再是具体的感受和一时的情绪,而是一种升华了的境界,一种淡泊宁静的情怀,一种超然物外的憧憬。观赏邓林这样情调的作品,我们便会想起她对陶渊明诗文中返璞归真思想的向往,她之所以喜爱陶文中的"既自以心为形役,奚惆怅而独悲……"正是因为她碍于自己的特殊地位,不能在现实生活中真率的表露自己,才终于在艺术中开辟出这样一块天籁自鸣的园地,对于这种具有独特内

涵的体貌,邓林称之为"自然的箫声"。

20世纪以降,因社会变革和文化变革的需要,从西方引进的写实绘画渐成画坛的主流,水墨画领域亦无例外。尽管在较为良好的学术空气下,传统写意画发抒内心,表现个性以及体现人品、思想、学问和才情的长处,也曾被有识之士阐述和发扬,但总体而言是被遮蔽了。自幼爱好音乐而才能不在解剖透视方面的邓林,恰恰在学术空气活跃的50年代末至60年代初走上水墨画道路,成为少数写实绘画一统天下中的透网之鳞,打下了在新时期写意花鸟画领域异军突起的基础。而邓林作为"文革"前进入大学的中年一辈画家,她的大写意花卉画在新时期伊始的崛起,也带动了继承优良传统视野的扩大,把世纪初大体否定了的写意画重新纳入了优秀传统的范围。

邓林对于抽象画的接受与尝试,则与写意花卉画不无关系,虽然她作近于彩陶式的抽象画始于1987年,但在此以前,由于写意花卉画妙在似与不似之间,既有描述性又有抒发性,处于抽象与具象之间,所以没有尝试过抽象艺术的邓林,已不乏艺术抽象的经验,因为从事写意花卉画离不开艺术抽象,当然这种艺术的抽象,没有完全脱离对物象的提炼,又主要靠中国特有的笔墨点线来实现。1985年,邓林作为东方美术交流学会的主要发起人被公推为会长,在随后的美国之行和两年后的法国之行中,她广泛考察西方艺术,在古今中西的参酌中思考,获得了创作抽象水墨画的启示。

在美国,邓林对艺术的考察是十分广泛。综观公私收藏的现代艺术品,只是一个方面,但西方现代绘画的恢宏气势与奇思妙想,给她留下了可资借鉴的印象。另一方面是普遍了解现代艺术,观

察在发达国家中现代艺术与传统艺术的关系。在朋友的安排下，她看了以抽象形式出现的现代歌剧、现代舞蹈和现代建筑，还看了圣诞节的艺术活动。看到最后她说"我懂了"。懂了什么呢？听邓林讲，她既弄懂了现代艺术的若干表征，而其中最堪取法的一点便是创造性的高扬，又弄懂了一个道理："现代打不倒传统，传统也打不倒现代，二者是互为补充的。"第三个方面，是考察西方现代艺术渊源之一的原始艺术，她看了新大陆被发现的美洲陶器，看了印地安人的艺术品，还看博物馆内收藏的非洲与大洋洲的艺术品。在法国，她同样把考察了解西方现代艺术做为一项重要工作。欧美考察归来，邓林又仔细研读关于非洲艺术和图腾艺术的书籍，与中国原始艺术相参证，进而探讨毕加索等早期西方现代派画家对原始艺术的倾倒与资取。她通过系统的比较分析，认为"中西艺术都发端于抽象，但西方艺术很快走入了具象，近代又回归了抽象，而中国艺术却在长期发展中未完全走入具象，至近代受西方写实主义影响才走入具象。而中国画妙就妙在它的意象精神，不为形似、具象所束缚。"且不论邓林这种艺术史见解是否表述的十分精确，但致思的高屋建瓴，立论的纲举目张，至少使她坚定了前进的方向。当着不少人以仿效西方现代派现成式样为创新的终南捷径时，邓林却在认识上追溯到现代主义的渊源所在，在实践上找到了从中国原始彩陶艺术的原创性和抽象性入手的开拓时取之路。由于中国原始艺术中的彩陶纹样，是象形观念、几何抽象观念和写意观念的统一，因此，它被习惯于写意的邓林借古开今是顺理成章的事。

先是，邓林在中国画研究院的同事

手中，见到了出土黄土高原的彩陶艺术，一见之下，彩陶艺术那种包前孕后的恢恢气度，那种抱朴含真的奕奕神采，便令她无限倾倒，别有会心。于是从1987年到1988年，彩陶艺术首先以博古图的形式进入她的大写意花卉画，开始还被画成培植盆景的器物或插放折枝的花瓶，后来则变成了衬以梅枝的画中主体，甚至题上了下述词句"悠悠上古，厥初生民，傲然自足，抱朴含真"。更后邓林干脆把彩陶纹样从器皿上剥离下来，使之以两种形态直接进入画面。一种是抽象彩陶纹样与大写意花卉的结合，或者在若干T形的卷荷下描绘蛙纹，或者在枝细花肥的白梅前叠以鱼纹，或者在疏落简劲的黄菊丛上画个鸟纹……尽管邓林为了避免结合的生硬，有意加强了画中花卉的符号化倾向，但与其说这种结合有什么出奇制胜，勿宁说标志了邓林走向抽象水墨画的历程。

另一种是脱胎于彩陶图式的抽象形态，最早出现于80年代末至90年代初，甫一问世，便受到海内外同行的称道。这种作品多作较大的横幅，而且取左右对称的形式，不再有任何具象的物形，充塞画面的图像是迹近原始傩面的点线面。由于在绘画过程中采取了左右对折、叠印而成的方法，故画面一半清晰，一半略模糊，如影随形，如音回响。在似迷离似分明的图像中，可以看到类似马家窑和马厂彩陶艺术的黑心白圈纹、交叠圆圈纹、鱼纹和网纹，但既非彩陶纹样的简单组合，也不是预先设定好的固定图式，而是画家浩茫幽邃的心象在笔墨运动中的生成变化，在运动变化中得到突出的是粗犷有力的点线配置；是三角形和圆形的穿插呼应；是干擦渴染下被历史风化了的时空皱褶；是水晕墨章中被水分滋

润了的生命旋律；是一种神秘威压摄人心魄的原始伟力；是一种潜藏在生命深处的躁动与呼喊。置身画前，饕餮般的傩面图式，忽如苍鹰蔽天，双翼覆地，令人感到无处逃循的窒息，亦如玄牝之门，包孕天地，令人发生面对乾旋坤转的晕炫。

邓林的这种抽象绘画，借西方的他山之石，开发了民族的现代艺术，用中国彩陶文化的资源，丰富了抽象艺术的形态。不仅以其大朴不琢的磅礴气势和深厚丰饶的文化内涵，超越了细丽靡弱的惟美艺术，也以原始艺术群体意识和现代艺术个人意识的统一，超越了文人写意画的孤芳自赏。如果用邓林喜爱的音乐做比喻，那么，这种抽象绘画不像幽雅婉美的丝竹管弦，而像气贯长虹的黄钟大吕，它不是一时悦耳的流行歌曲，而是蕴含了精神力度和历史厚度的远古回音，邓林把自己这种艺术称为"远古的回音"，实在是很贴切的。

邓林曾说："我热爱祖国的传统绘画艺术，它金子般闪光的内涵一直深深地鼓励着我，吸引着我，我又喜爱现代艺术的奇思妙想及宏大的气势。"她还说："几年来，我一直在探索，探索一条时代的精神、个人气质及审美观，和中国传统绘画技法三者结合的道路。"上文所述邓林自称为"自然的箫声"和"远古的回音"这两种体貌，恰是她探索的不同方面，这两方面不但相辅相成，而且相生互动，致使每一个方面都取得了引人瞩目的成绩。虽然如此，我相信行将60转甲子的邓林不仅不会停止探索，而且会向新的更高的境界进击。以往，她曾把纸上的源于彩陶纹样的抽象水墨画大胆地转换材质成功地放大编织为大型丝毯，今后，听说她又有新的打算，我祝愿她同样取得不同凡响的成就。

No.284
68cm × 68cm
1993 年

No.285
68cm × 68cm
1993 年

韵
34cm × 34cm
1987 年

车与马
68cm × 68cm
1988 年

悠悠上古
m × 170cm
1988 年

墨芭蕉·牡丹
67cm × 67cm
1987 年

松梅
68cm × 68cm
1993 年

左上图　山水　68cm × 68cm　1987 年
左下图　梅　68cm × 68cm　2000 年
右　图　荷　124cm × 41cm　2000 年

聆听大自然的天籁之声

——走进龚文桢的花鸟世界

■ 杨若云

龚文桢 北京市人,1945年生,1965年毕业于北京工艺美术学校,1979年被中央美术学院国画系录取为研究生,1981年毕业。现为中国画研究院专业画家、中国美术家协会会员、当代工笔画学会会员。

2001年10月,新世纪第一个金秋的北京,中国美术馆举办了规模宏大的《百年中国画大展》,这次大展是对20世纪中国画发展历程所做的一次全面的梳理,是20世纪中国百年间几代中国画家艺术成就的一次大检阅,是具有划时代意义的里程碑。在这次大展上,可谓大师林立,巨制纷呈。龚文桢的大幅工笔花鸟作品《滇西古梅》格外引人注目,画面构图宏伟、气势恢宏,千年的古梅老千虬枝、历经苍桑,显示出顽强的生命力,给观众留下了极为深刻的印象。

在当今中国工笔花鸟画领域里,龚文桢是一位在继承传统绘画的基础上,即有深厚的艺术功底,又创造出鲜明艺术风格的实力派画家。其作品所呈现出

的清新静谧之美,突破了元、明、清以来文人画的审美情趣,以丰富的画面结构和充实的精神内涵把握画面,其视野已超越了传统的折枝花卉和点缀其间的禽、鸟、蛾、蝶所构成的基本图式。而把视角伸向花木生发、充满生机的大自然的一隅,在那里或是枯木春荣的虬枝老千、或是生机勃勃的一片新绿。把广袤宽阔的自然景象情景交融地表现出来。运用造境的手法,使画面在一个特定的时空环境中定格,使人仿佛走进画面里去感受那扑面而来的清新空气和呼吸植物飘散的芳香,聆听大自然的天籁之声、领略大自然深处所蕴藏的无限生机。

龚文桢是一个性格内向沉稳,骨子里有着倔强性格的人,几十年如一日苦行僧般的绘画生涯,铸就了他过硬的绘画基本功。1981年他以优异成绩毕业于中央美术学院国画系花鸟画研究生班,在中央美术学院的学习期间,在学术泰斗田世光、李苦禅、高冠华等先生的悉心教诲之下,在师法古人的基础上,从精神层面承接了中国绘画的传统美学精神,并形成了自己独特的绘画语言体系。同时完成了大量的巨幅花鸟画创作,这对于他无疑是艺术征程上的一次飞越。在此期间,他多次深入云南西双版纳等地进行实地写生,细心观察身边的一草一木,一花一叶,练就了不借助任何写生或稿体,信手即可描绘出各种花卉、植物及鸟类的形象特征及态势,并极尽生动。他的画风清丽秀美,构图自然天趣、意境深

邃、韵致幽远,其格调质朴清新。作为画家,龚文桢具有地道手艺人的种种秉性,他绘画的过程是极有序而冷静的,他喜欢清晰均匀而又平静地勾描着每一朵花、每一片叶,自然物态在他的心底与情思相交汇,宛如涓涓细流般地静静地流淌出来,凝结在画面上。

龚文桢的画风正和他的为人一样,平易中见淳厚,质朴中寓灵性。可以说是老实人画老实画,他画画做人都是凭真功夫,实实在在,没有做作和矫饰,以一种自然率真的态度去处世、做画,心态平和性格淳厚。

他的作品里有一种平易、真切的感人之美,龚文桢从古人那里承续了传统工笔花鸟画的精髓并借鉴东西方艺术的构架,面对自然景色,或倾情、或感意,融审美理想和创造精神为一体,这些作品在对各种不同自然景物的关照中,无不体现出"因心造境"、"触景生情",他凭着对传统工笔花鸟画本体内涵的精深思考和独特感悟,长时间地潜心研究造型语言和线条产生的独具表现力的形式美感,在继承传统的基础上,在表现题材及绘画图式上大胆地突破了传统花鸟画的固有模式,扩展了作品的审美内涵和表现形式,在东西方两种艺术构架的融合中揭示出一种带有中国画艺术传统精神的新的意境。

龚文桢的笔墨也有其自身的特点,他极重视"骨法用笔",画面中的线条笔笔不苟,成为造型中最富有生命力的语

言，画中的勾勒笔法，不仅显示出卓绝的苦功，其中尤能令人感到他对艺术语言把握的灵性与才气，而这种难以阐明的灵性与才气，又恰恰是判别艺术品类高低的重要标志之一。他那组织精细严谨的线条，富于刚劲的弹性因而饱含着生命的内力和律动。这使他的绘画中兼有北方的富丽凝重和南方的娟秀细腻。他充分运用色彩的表现力，注重于色调的统一与和谐。他吸取了近代西方油画在色调方面的情感表现形式，来增强他的工笔花鸟意境的感染力，然而又保持了中国传统工笔画的雍容儒雅的风格。他只拮取了园林山野中的一个小小的角落，却使人们在花蕊草芒和蜂游蝶舞之间，感受到宇宙间运行的生机以及大自然神秘的生命律动，这种抒情的诗意，来自画家对自然的细微体察，来自他对大自然的爱心，以及他对于审美形式的创造才能。其画面沉稳和谐的总体风貌和对造境的颇为深刻的认识，使得他的作品既充满古典绘画的细腻和深沉，又具有现代审美意识的精神特征。

20年前，龚文桢在中央美术学院研究生班毕业作品展上，以一批蔚然壮观的巨制给当代的中国工笔花鸟画坛注入了一派清新的气象，由此引起了业届同仁们的普遍关注，并得到学术界及专家们的一致好评。之后龚文桢一直沿着这一轨迹在不断地耕耘，并已经结出了丰硕的果实。

在中国传统工笔花鸟画领域，由于古代及近现代前辈花鸟画大师众多，他们对花鸟画图式的创造和贡献已达至历史的高峰，有如巍峨的群山横在人们面前，因而现代花鸟画家由衷地感到难以逾越。《古香》是龚文桢的一幅花鸟画力作，这幅巨幅白梅图收入在中国美术全

集现代篇花鸟卷，那淡淡的清灰色调，给人一种静谧安详的典雅美感，引发着人们的思古之悠情。在构图上布局奇险，出枝取斜势，虬枝盘结的古树枝叉横斜，富于动感，淡雅的白梅吐着芳香，画面形象安排错落有致，疏密得体，表现手法上，白梅的花朵处理得级尽工整，而翻转扭曲的枯枝老杆则兼工带写，或渍色撞水或没骨点染，用笔变化多端，使画面情景交融，气清韵妙。龚文桢在对艺术和对人生上的诚笃态度，是使他的作品生发出人和自然之间息息相关的联系，是真挚的心灵与大自然之间对话的自然流露。他的激情是深邃的，在表现大自然的致美之中寄托了无限的深情，把绘画艺术化做表现心灵的诗章，所以他的作品充满了激情，就像深深的河水一样静静地流淌，虽然看似平淡然而它是隽永，经得起时间的推敲、光阴的磨。那些常人看似平常的景物，此刻在他的笔下都赋予了生命，焕发出鲜活而强烈的生命力。《春涧》所描绘的正是一幅在料峭春寒下充满勃勃生机的梨花图，涧水潺潺，山阴的一隅，静而无风，作品把人们引入了他所营造的境界之中。

就绘画艺术而言，写生是在绘画表现的过程中，人与客观对象在内心情感与外部表像上的交流与互换的活动，它的主体是人，客体是物。在不同的历史时期和不同的人文背景下，造就了各个历史时期在绘画艺术样式上的时代风貌及由此所产生的风格样式。龚文桢是个极重视写生的画家，他始终遵崇唐代张璪提出的"外师造化""中得心源"的理论，以大自然为师，将写生得来的鲜活的形象素材进行整理提炼。他只忠实于自己对自然的那份感受，忠实于自己的心境，他对造境的认识是颇为深刻的。让我们

走进龚文桢的作品《山林夜色》所营造的氛围里，去感受那西南边陲广袤的原始森林，那寂静无垠的一个角落：宁静、悠深，千年的榕树根系盘桓，清冷的色调给以沉寂之感，运用焦点透视的手法来结构画面，仿佛让人静静地往里走去，几许的安详和宁静，一丛盛开的白色杜鹃花，把画面衬托得逾加深邃幽暗。那青黑的顽石运用了侧逆光的处理方法，若隐若现的月光，加强了夜色的朦胧感。画中的静穆之美，让人体味出人情之韵，迷离绰约之美，其中蕴含着画家诗人般的敏感，在自然美的本性和画家心灵深处找到了和谐，从而使画家的心境随着意境，审美理想和自然物象"神遇而迹化"，把情感移入物象之内，以独到的匠心营造出融合生命本质的神韵。

再看《深秀》这幅作品，密林深处，清澈的小溪边的一隅，千年的古榕树根上长满绿色的苔藓，亚热带雨林的所特有蕨类植物犹如远古的活化石，把我们带回到了白垩纪那古生物时代的环境里，这里没有人类暄嚣熙攘的噪杂，仿佛空气是那样的清新，一只小鸟在忘情的回首清吟。这便是龚文桢花鸟画的"写意"特征，正是这些作品在不知不觉中把人带入一个宁静、超逸、静谧的精神世界，在若虚若实的山野草丛中，虽给人飘渺之感，却呈现出一派活力与生机。他极注意在画面中营造出一个独特的气氛和意境，虽然取材于大自然，但加入了作者自己的情感和理解，使之提升至更高的境界。

他对传统工笔花鸟画模式的发扬也不拘泥于旧有的格律化程序，而是力图突破原有的造型观、构图方式、笔墨规律与用色技法，营造着更为广袤自由的艺术时空，构筑着更单纯强烈的艺术形象，

表达着更真诚、更生动的审美感悟。他的视野已经超越了传统绘画中的折枝花卉和点缀禽鸟，而是面向花木生发的大自然和禽鸟生息的天地。在那里，花鸟形象和广袤宽阔的自然景象融为一体，和大地、天空、晨露、小溪水乳交融。画中的形象往往是充满画幅，饱满而密实，以至涨溢于有限的画面，而向宽阔的空间延绵伸展。《枯木春荣》这幅作品所表现的是顽强生命的诗章。每当看到如此情景，心底便会涌动起一股激情，使人感受到世间的万物在岁月的交潜中有一种永恒的东西，那就是生命的律动，于大自然中炫目于它的闪烁，体味那无尽的绵延，慨叹春去秋来季节的交替、光阴流逝的无情。

龚文桢在承袭中国古代传统绘画本质精神的同时，还借鉴其它民族的艺术形式。把日本画的清丽、和谐和韵致吸收到画面中来，将宋元花鸟画的超凡飘逸的风貌，自然生动地融为一体，在清丽中构筑了宁静高洁的意境。情之所钟，心则趋之，他在感受花鸟世界中生命意义的同时，投注了满腔的激情，不断地追求着"天人合一"这一道家理想的最高境界。在造型方面，画面中"物象"刻划精致入微，不但再现了"物象"的特有自然属性，克服了传统中国工笔花鸟画造形中物态呆板和僵化的弱点，使画面充满了生机。他擅用虚实相生手法来处理画面，虚之处引人联想，实之处则刻划细致入微，无论是山花野草或枯木残荷，其艺术的感染力令人叹为观止，这也反映出他深厚的艺术修养和恬静平和的处世心态，其作品中既具东方精神，同时又有强烈的时代气息。他所表现的艺术形象或婀娜、或沉稳、或凝重、或潇洒，可见其功力深厚，技法娴熟，意趣天成，境界幽远，格调质朴清新。

当我们抛去尘世的喧嚣和干扰而静心观赏他的作品时，就会感到一种扑面而来的生活气息，不禁让我们在他的作品面前驻足细细地品味咀嚼。在他的作品面前会使人们的心灵更纯净，心态更平和，尤如听一首抒情的乐章，每每和大自然对话交流体验的过程中，会引起人们许许多多奇思妙想，人们用眼睛在这里触响着各种音符，这种视觉的音响伴合着心绪而交汇成一种时空弥漫、色彩回旋的潜流，尤如一曲旋律舒缓的轻音乐，滋润着人们的心田。你会发现在他的作品里任何人都会得到慰藉，他已把自然物态幻化成艺术形象。

让我们继续倘佯期间，在龚文桢所构建的花与鸟的世界里去呼吸大自然深处的植物所散发的芬芳，去聆听那魂牵梦萦的天籁之声。

碧桃翠竹　138cm × 68cm　2000 年

竹子小雀
138cm × 68cm
2001 年

左　图
深秀
140cm × 140cm
2001 年
右　图
山村夜色
138cm × 170cm
1989 年
下　图
古香
98cm × 200cm
2000 年

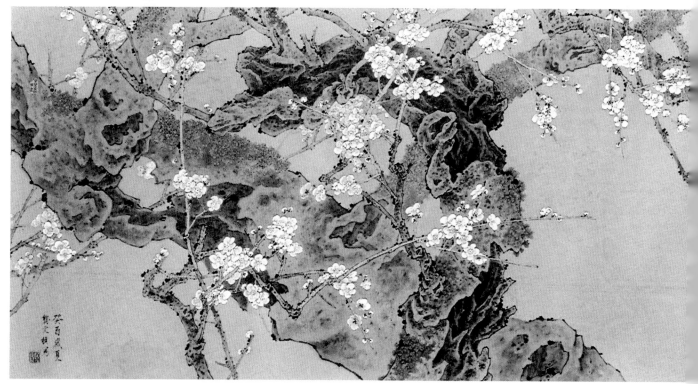

桃花燕子
215cm × 120cm
1984 年

南塘秋色
138cm × 138cm
1990 年

枯椿荣
130cm × 196cm
1984 年

根深 蕴厚 情真
——漫谈敬庭尧的绘画艺术

■ 薛永年

敬庭尧近照

敬庭尧 1949 年生，四川射洪人。毕业于解放军艺术学院。现为解放军总后政治部文艺创作室专职画家，国家一级美术师，中国美术家协会会员、中国华侨文学艺术家协会理事。

雪域含毫乐苦辛，

苍茫画笔寓情真。

多君写实开生面，半颂苍生半美人。

在时下中青年画家中，偏才多而全才少，擅画古装人物者较多而工画现实生活者较少。不过，军旅画家敬庭尧却人物、山水与花鸟画兼长而尤工人物画；当代人物与古装仕女并擅，而在当代人物画创作上致力尤多。

这位正当盛年的四川籍画家，与共和国同龄，在改革开放后成长，自毕业于解放军艺术学院至今，无论是西潮文化挑战优秀传统的80年代，还是商 海狂涛冲击严肃艺术的90年代，他都一直在脚踏实地地锐意进取。

在不少画家的视野渐渐沉醉于个人天地之时，敬庭尧却不知疲倦地深入广阔的生活，足迹所至，从长城内外到老山前线，从西双版纳到青藏高原，从太行山林到凉山彝寨。他认为，大自然的江河有源头，艺术也有源头，这源头是生活。在前线体验生命的价值，在青藏高原感受缺氧的艰苦，都是听报告或看照片替不了的生活。只有在深入生活中自讨苦吃，才能够增强艺术内蕴的丰厚，才能够避免艺术旨趣的浅薄和轻飘。

在另些同行轻视传统而一味效法西方之际，他却精勤不懈地钻研传统，用心所及，从阎立本工笔的形神俱至到梁楷写意的形简意足，从蒋兆和造型的严谨到黄冑写实的生动，从"八大"的笔静情浓到吴昌硕的神厚气苍，从白描画法的素以为绚到重彩壁画的斑驳灿烂。他清醒地看到，中国画的创新，不但不可以割断传统，而且必须充分吃透传统，在实践中去丰富发展。

敬庭尧在把艺术之根扎向生活与传统深处的过程中，以一个军人的使命感和大地之子的责任感，怀着对人生的挚爱，对艺术的虔诚，去感知时代的心声，去体悟历史的伟力，去破译创造的奥秘，从而取得了丰硕的成果。他的中国画以根深、蕴厚、情真和艺妙等特点，体现出稳健深厚、致广尽精和新变不穷的追求，产生了广泛的影响，在我的认识中，其中至少有三大引人瞩目之处。

（一）

第一个引人瞩目之处，是敬庭尧在创作中表现出的不失其大也不遗其细的"两半"情怀。所谓"两半"情怀，亦即文怀沙先生诗句中"平生只有两行泪，半为苍生半美人"的情怀。诗中的苍生，指的是人民群众的整体，句中的美人，则指个体的贤士君子与一般意义上的红粉佳人。

这一脍炙人口的名句，把忧国忧民之心与爱贤爱美之情统一起来，以身许国而不忘儿女情长，恢宏壮丽而不废缠绵委婉，正如重视黄钟大吕而不忽视浅吟低唱一样，十分恰当地表达了不失其大也不遗其细的艺术旨趣。敬庭尧深感句中情怀"于我心有戚戚焉"，于是把画室取名为"两半轩"并在创作实践中身体力行。

80年代以来，随着思想的又 一次解放，人们对艺术功能的看法更加全面，在摆脱了文革中仅仅诠释政治的简单化倾向的同时，一方面扩大了题材领域，开拓了表现丰富精神生活的宽广空间；另一方面也出现了企图远离时代或躲避崇高的现象。敬庭尧的可贵之处，首先在于他以军旅画家的责任意识，不满足只是用画笔吟哦小情小趣，而是要表现牵动千家万户心灵的重大事件与闪耀时代光辉的深刻命意。他清醒地看到，从来的绘画创作也都象文学创作一样，是不能不"染乎世情"而"系乎时序"的。那些超越时代的不朽之作，恰恰既有鲜明的时代性，又在艺术表现上具备极高的含金量。

本着这样的认识，他在绘画创作中比较重视描绘众所关心的大事件，营造振撼心灵、升华精神的大意境，讴歌可钦可佩的情操和可歌可泣的史实。《公元一九九七》并非纯粹的国画，但却以打破特定时空的宏伟构图，浮想联翩地描写了具有转折意义的历史人物与历史事件，形象而生动地抚今追昔，概括了香港从沦为殖民地到雪耻回归的历史沧桑，发人深省，令人感奋。《生命之堤》（与李连志合作于1998年），更以气贯长虹的豪情，通过描绘激浪掀天、奔流动地的特大洪水中，无私无畏的解放军战士抗洪抢险的英雄行为，描画他们以血肉之躯筑成的坚不可摧的长堤，歌颂了"万众一心，众志成城，不怕困难，顽强拼搏，坚忍不拔，敢于胜利"的伟大抗洪精神。其它如讴歌中国将军在抗日战火中救助敌军遗孤的博大胸怀与人道主义精神的《重逢》（1987年），表现领袖与普通民众在水患中休戚与共的《风雨同舟》（1997年），也都因为艺术上精心锤炼，既在记录重大历史事件上达到了觉形象的强烈引人，又在弘扬爱国主义、集体主义和社会主义精神上，给人教益。

与此同时，敬庭尧也善于发现平凡生活中的动人之美，以诗人般的眼光去吟味生活的多姿多彩，创作了许多小中见大的风情画、平中求奇的山水花鸟画和古意今情的唐宫仕女画。在生活风情画里，不仅有《版纳系列》植被丰茂中的活泼生机、《大西北系列》天高地厚中的顽强生命、《西藏系列》庄严神秘里的梵音回响，而且更有军旅生活艰苦孤寂中的崇高奉献。象《戈壁风流》风沙满天中女通讯兵的朴实无华和青春无悔，《寒夜》月明星稀夜汽车兵自弹吉它的情越关山，就不但歌颂了子弟兵的平凡而伟大，而且也表现了他们内心世界的充盈。

在平中求奇的山水花鸟画中，敬庭尧显示了三个与众不同的特点。一是敢于突破传统山水花鸟画互不越雷池的局限，在二者的结合上开拓新意。如《新苗》既着意刻画西北山岩的干旱缺水，又深情地描写了岩缝中新苗的嫩绿，还凸显了用于培植新苗的水瓢，从而赞美了在恶劣条件下栽培禾苗的人们。又如《晨曲》则用黄土高坡间窑洞的苍茫古朴，衬出了高飞鸟队的笑语欢歌，恍如一首吟唱朝气与晨阳的小曲。二是善于运用视象的迁想妙得，赋予作品超以象外的意蕴。如《古梅》即一反前人画法的寥寥数笔或密蕊繁花，根据来自峨嵋山上的感受，把古梅的老干虬枝当成历尽沧桑的石头来画，故而倍觉势大力强，精神灿烂。三是巧于把有丘壑的厚积薄发与意识流的随机偶发结合起来。如《天地之间》便凭着意识流般的笔墨设色带动胸中造化的生成演变，使蜿蜒如龙的长城，升天入地，吞吐大荒，极尽有无相生、虚实互动的趣在法外之美。

他的古装仕女画，多画唐宫丽人，取意于杜甫《丽人行》、白居易《长恨歌》等唐诗，或怀于江山美人之爱，或抒发盛衰兴亡之慨。也许敬庭尧的老家四川正是唐明皇在安史之乱中避难之地，所以启发了他的立意。

（二）

第二个引人瞩目之处，是敬庭尧在多种艺术面貌中发展了中国画的写实风格。在同辈画家中，敬庭尧属于面貌较多的能手，能以多种画法作画。在他用过的画法中，有细丽精到的工笔，也有洗炼概括的写意；有摒弃色彩的白描，也有浓施粉黛的重彩；有淋漓酣畅的泼墨，也有以色点虬的没骨。有的纯用一种画法，有的兼用多种画法。不过，贯穿于各种画法风格之中一个突出共性是追求写实的造型观念。

他并不拒绝受传统的写意意识和现代的抽象意识，但二者都已被他有机地化入以写实观念构造的画境之中，在敬庭尧的多种艺术面目中也以写实风格为主流。

敬庭尧中国画艺术的写实造型观念

生命之堤（与李连志合作）　　300cm × 786cm　　1998年

与写实为主的风格，发端于在鲁迅美院进修时，形成于考取解放军艺术学院之后。虽艺术风格有别，但都属于上承徐悲鸿、蒋兆和并有所发展的水墨写实一派。这一派善用古已有之的工具媒材，引进西方写实主义，追求与科学一样的求真精神，讲究表现焦点透视的空间和以结构素描为基础的造型，要求笔墨技巧摆脱僵化的旧程式而服务于物象的如实描绘，以达形神兼备、惟妙惟肖。

敬庭尧与前辈水墨写实画家的不同，在于通过转益多师和广取博收，形成了以写实观念为核心的四种艺术面貌，以一治万，不拘一格。第一种面貌可称为放笔写实风格。特点是造型严谨而笔墨泼辣，凹凸分明而描绘深入。稍早作品如《娥边汉子》（1987年）、《长夜》（1989年），风格尚接近老师。近年造型时有夸张，笔墨也更加恣肆。作品有《酥油茶》（1997年）、《高原人》（1998年）和《阿坝写生长卷》等。

第二种面貌可称为细笔写实风格。主要特征是造型同样严谨结实，画法则精细不苟，不失形神兼至但求平面效果。稍早的作品，不论画人物，还是画山水，传统工笔画的"骨法用笔"意识和装饰意匠都保存校多，但已运用自如，时见一些皴擦。人物画如《重逢》（1987年）、《月朦胧》（1988年）、《乡峦》（1990年），山水画如《春》、《太行山下》（均作于1993年）。近年已把"骨法用笔"隐约于独特的肌理之中，有意地削弱了装饰性而强化了写实性。作品如《窑洞》（1993年）、《藏女与牛头》（1994年）、《远古的诉说》（1996年）和《圣地》（1997年）、《长缨、长缨》等。

第三种面貌可称为泼墨与没骨相结合的风格。外表是传统的大笔写意，骨子里仍是写实的。这种画法大体从传统的写意画演化而来，较多发挥了水墨酣畅的"泼墨"和彩笔点簇的"没骨"，可见八大山人、吴昌硕的影响，主要用以描绘古装仕女和现实风情小品，大致笔酣墨饱，简洁生动，人物造型偶尔亦有夸张，但并不变形。作品如《澜沧江畔小景》（1987年）、《归途》（1990年）、《暮》（1992年）、《唐宫仕女》、《丝绸之路》、《赏梅》（均1993年）、《待渡》（扇面，1995年）、《芭蕉仕女》（1997年），等等。

第四种面貌可称为白描风格，它虽渊源于古代的白描画法，但得益于精熟的写实造型能力和过硬的速写基本功。故而仿佛信手拈来却简当、准确、生动而富于用线的律动美。《丽人行》（1997年）长卷以灵动随意的用线描写了唐宫仕女的仪态万方，其用线不仅颇得干中有湿和直中见曲之妙，而且能分别仕女位置的近远而呈现用线的浓淡轻重之异，不借助任何其它手段即表现了空间关系。《凉山彝绣像》（1997年）同样用白描画法，但不是用轻快的线条描写对象的身姿体态，而是在平涂淡墨的轮廓上，以战颤毛涩的线条集中刻画人物面部和双手的表情个性，因而增加了沧桑感。

近年，敬庭尧上述四种艺术面貌开始出现了走向综合的迹象。从《西藏系列》（1997年）等作品可以看出，第一、二种面貌在互相靠近中融合了。这是在写实风格下粗放画法的融合。从《消夏》（1997年）、《寻梅图》（1998年）等作品中还可看到第三、四种面貌的结合，这是一种工笔白描人物与写意的泼墨没骨的补景相结合。走向综合的迹象出现后，原有的细笔写实风格和泼墨没骨相结合的风格便不再更多出现。它也从一个侧面说明，敬庭尧的中国画正在由博返约中走向进一步的成熟。

（三）

第三个引人瞩目之处。是敬庭尧以自己的方式丰富了中国画的肌理，扩大了笔墨语言的表现力。在绘画中，肌理指的是媒材通过工具或其它技巧作用于载体在载体表现形成的独特效果，它是视觉艺术语言中最能发挥物质材料性能的方面。中国古代画家虽不使用这一术语，但早已注意到纸绢上笔墨肌理之美，笪重光即曾指出，以湿笔运墨者，"墨之倾泼势等崩云，墨之沉凝色同碎锦"，而用干笔皴擦者，"皴之缜密，明如屋漏而隐若纱笼"。进入改革开放的时期以来，画家们开始放眼世界取法借鉴，引进西方的肌理意识和制作方法成了不少中国画家求新求变的一种努力。不过，有些人把肌理与笔墨割裂开来，以西式肌理的制作性代替了传统笔墨的书写性，用毛笔以外的工具，水墨以外的添加剂，去开发新异的画面肌理，结果是新的肌理出现了，但却脱离了传统的笔墨语言，失去了公认的中国画特色，在是否仍可视为中国画上引起争议。另一些画家则深信传统笔墨的自足性，基本上拒绝引进新的媒材，反对一切非书写的制作手段，结果又导致了中国画艺术语言的守成多于突破。

敬庭尧则善于把传统的笔墨与引进的肌理结合起来，在结会中原有的水墨媒材和毛笔工具仍具主要功能，以书写性为本质的笔墨意识仍占支配地位，但是也采用了一些制作手段。而写实观念更是统一传统笔墨与新异肌理的核心纽带，生活中强烈的视觉与对传统遗迹的别有会心，成了他在肌理上探索与突破的动力。

在敬庭尧的作品中，可以看到他探索了两种肌理，一种是湿润而流动的，另一种是枯涩而苍厚的。前者上承古代文人画家水墨淋漓的写意画法，在"有笔有墨"中突出水分晕化中泼墨与没骨的比衬融合，造成流美、湿润、空明和清新的肌理，适应了描给空气湿重花树丰茂的版纳风光和历史记忆中迷离惝恍的唐宫美人的需要，强化了这类作品的情韵。后者既得之于山水画的干笔皴擦，又从敦煌壁画久经沧桑的风化剥蚀获得启发，把古已有之的干笔皴擦和在高丽纸上因势利导地发展斑驳风化之痕及随画随用胶矾并适当使用现代的技巧结合起来，形成了富于厚重感、苍茫感的特有肌理。从《新苗》、《窑洞》（均1993年）经《牧归》（1991年）到《长缨·长缨》（1997年），这种新颖的肌理仍具有墨气的透明和书写的畅快，但更穷尽变化而妙造天成，已变成独具表现力的笔墨语言的必要组成部分，恰至好处地适应了表现人们对丝路和雪域风物的历史文化蕴含的感受之需，而说到底，它正是为了表达上述感受而创造出来的。

三大引人瞩目的特点表明，敬庭尧已成为盛年军旅画家中勇猛精进的实力派人物。他的艺术积极而稳健、严肃而浪漫、朴厚而秀畅，有个人真情更有民族哀乐、有传统渊源更有时代气息、有主攻方向更有兼容并蓄，虽然尚未尽善尽美，但已显示出令人振奋的潜力，正在致广大而尽精微的融汇贯通中走向成熟。无可讳言，敬庭尧在题材体裁和画法风格上的多能兼善，一方面以广博而雄厚的基础孕育着厚积薄发的巨大成功，另一方面也在一定程度上分散了精力，使得个人的风格在一些面目中还不十分强烈。深思而敏悟的敬庭尧分明已察觉到这一不足，并在近年的创作中有所改观，前文

盼牧归 200cm × 180cm 1995 年

所述的在多种艺术面目中求综合深入，便是一个突出的表现。今后，他那粗细结合之中有写又肌理新异的写实风格无疑会更加完善。此外，我深感他那以线描完成的精美而生动的速写中，说不定正孕育着一种以描绘现实生活风情为旨趣的白描风格。这种风格一旦推出，就将预示着敬庭尧的又一飞跃，肯定会受到同行与观众的激赏。在结束这篇并不精炼的献言时，我忽然想到敬庭尧的一句话，他说："艺术创造如同爱恋一般，是一个没完结的故事，是一首没有尾声的歌……"我希望他以对生活的厚爱，把行将进行的故事演得更辉煌，把即将回荡的高歌唱得更嘹亮。

长缨·长缨　240cm × 200cm　1999 年

布达拉宫一角　240cm × 180cm　1998 年

风雨同舟（与李连志合作） 1999年

窑洞
100cm × 100cm
1994 年

圣地
220cm × 260cm
1997 年

月朦胧　150cm × 150cm　1988 年

丝绸之路　300cm × 800cm　1988 年

辉煌的主旋律

——李延声人物画观后

■ 蔡若虹

进入新世纪，我们不要忘记刚刚过去的100年，这是多么不平凡的100年啊！在这100年的前期，我们经受了多少侵略损害、多少流血牺牲、多少灾难和流离失所。在这100年的后期，我们又如何地摆脱了腐朽与黑暗，摆脱了压迫和剥削，摆脱了耻辱和痛苦。这100年，是我们从黑暗走向光明、从劣势变为优势、用自己的力量改变了自己命运的100年。

当新世纪来临之时，我们也不要忘记我们目前的处境，我们的国家是一个经历了万里长征，经历了八年抗日战争和三年解放战争，移去了压在头顶上的三座大山的国家，是一个从匍匐爬行中站立起来的社会主义国家，是一个将要

李延声 1943年生，毕业于中央美术学院中国画研究生班。现为中国画研究院一级画家，中国美协中国画艺委会委员，享受国务院优秀专家津贴。

李延声近照

与贫困告别、与不文明不科学告别、专门创造奇迹的具有中国特色的社会主义国家。只有在平凡中创造奇迹的国家才算得上是个辉煌的国家。

当新世纪来临之际，我们也不要忘记自己的工作，我们是造型艺术工作者，我们的造型世界和我们的视野一样的广阔，举凡宇宙万象、日月星辰、春夏秋冬、高峰峻岭、江河湖海、鸟兽虫鱼、以及我们人类这个万物之灵，通通可以在我们的画笔刻刀之下出现，然而，在这万象纷呈之中，有没有主次之分呢？我们在敬业之前，要不要有所选择地挑选一个"一专多能"呢？

要回答这些问题，我们不妨客观地先问问历史老人。

首先问问我们的老祖宗原始人，问问他们最早的造型对象是什么？

他们的回答很明显，在我国许多地区的岩石上，还保留着几千年以前人类的手迹，他们刻画的都是"人"，简略符号似的"人"；其次，是"人"的劳动和战斗，"人"的狩猎对象，这都是最原始的造型对象，对此之外别无其它。如此看来，人类最早的欣赏对象是人类自己的"自画像"，不仅自己看，更让别人看，让子孙后代看。"人"是造型世界中首先出现的形象。

再看看我国许多名胜古迹，敦煌、麦积山、云岗、千佛洞，等等，这些流传千古，被全世界所瞩目的造型对象是什

么？很明显，也是"人"，所谓"佛像"正是"人"的理想的化身。这些静穆的壮严的立像和坐像，标志着生命的存在只有心灵在活动，精神在活动，灵魂在活动。如此看来，刻划人的心灵活动是我国造型世界中最古老、最擅长、最生动的艺术手段。

当我们在考古之余，千万不要漏掉了广阔的民间美术领域，根据历史记录，民间美术中最先出现的人物形象是以手工业劳动为主题的《耕织图》。在广泛地以劳动起家的老百姓心目中，总是以人类赖以生存的劳动生活作为造型世界的首要主题。后来，在持续发展中出现的"渔、樵、耕、读"四扇屏，就开始把体力劳动与精神劳动并列在一起，显示了劳动实践的两大分工。综合以上各节看来，画人，画人的劳动生活，画人的体力劳动和精神劳动，画人的心灵活动和精神面貌，是我国造型世界中最优良的传统，是延续至今的造型艺术的主流；用现在的语言表达，是我们造型艺术的主旋律，而且是辉煌的主旋律！

正值伟大的社会主义祖国日益辉煌的时刻，我们在艺术实践中发挥辉煌的主旋律的作用，这岂不是我们为人民服务、为社会主义服务的造型艺术工作者的天职吗！

（二）

李延声这个画家，如果问他的艺术创作有什么特点，我以为，他的特点是在艺术实践和生活实践上占有两大优势。

首先，他擅长画人，他在画人的基本功上锻炼了较长的时间（他在广州美术学院、浙江美术学院、中央美术学院都学习过），他最拿手的是人物速写，这和他与擅长速写的大画家黄胄长期相处有密切关系，与他自己在美术学院长期钻研

有密切联系。在这里我必须指出，速写不仅是人物造型的基本功；更是摄取人物精神面貌的重要造型手段，是人物画家绝不可以缺乏的看家本领。我要特别指出，目前不少青年画家拿摄影机代替速写的坏倾向，违背了艺术实践的重要原则，有碍绘画艺术发展。用摄影机代替速写，是一种艺术生命的自杀，这种坏倾向必须趁早清除。

李延声第二个优势是他在学院毕业后的长期生活实践，他在煤矿工人中生活了8年之久，这是一条别的青年画家所不屑去走，不敢去走，不愿去走的道路。生活实践的功能不在于画多少劳动者的生活速写，而在于和劳动者的天长日久地耳鬓厮磨，而在于了解劳动者的气质和性格，了解劳动者的喜怒哀乐，了解劳动者与别人不同的顶天立地的忠诚与勇敢。李延声长达8年之久的生活实践，他的收获是在画外，是对于劳动者心灵的深入理解，他感受了那种顶天立地的性格与豪情！

长期的艺术实践与生活实践，给李延声后来的创作实践奠定了一个扎扎实实的基础；同时，也给他持续不断的艺术生命奠定了一条鲜红的命脉——辉煌的主旋律。

（三）

在我的记忆里，李延声举办过两次大型的作品展览。第一次是1985年在北京展出的《正气篇——人物百图》。当时正值美术界邪气猖獗之时，他用100个正气凛然的伟大人物与邪气相对抗，这就鲜明地突出了作者创作思想的优越性，他明智地运作了历史题材，他采取文字与形象相结合的手段为100个顶天立地的人物形象增添了光彩，这就打破了当时美术界中那种邪气弥漫的恶劣气氛。从

关山月像

朱屺瞻像

蔡若虹像

这一点看来，李延声是美术界一个见义勇为的画家，他的心胸是和那些顶天立地的人物心胸是一脉相承的。

李延声第二次大型作品展览，是1997年在北京展出《魂系山河》中国画长卷，这是作者专为香港回归祖国的雪耻之作。他再次地运用了历史题材，将100年前抗英英雄林则徐焚烧鸦片的壮烈行动作为民族之魂，用形象表现出来，战士们的无畏精神像火似的燃烧，的确体现了炎黄子孙的英雄气概。这是作者第二次为顶天立地的人物造像，在作品的艺术性上，比第一次远远超出了一大步。

通过这两次大型作品的展出，我们可以明显地看出李延声这个画家在创作实践中充分体现出来的特色，概括地讲有以下三点：

（一）作品思想性走在前面

从一般文艺创作过程来说，作品思想性走在前面是合乎艺术规律的创作方法。思想性是文艺上的统帅，他必须指挥艺术性的战士们作战；没有统帅的战士在战场上必然失败，只有形式主义者才有不讲思想性的狂妄的行为。这里我要指出，"文革"结束后，有些人提出"反对思想先行"，这完全是违反创作规律的错误言论，必须在实践中纠正。李延声的创作思想走在前面是优点而不是缺点，问题是作品艺术性要在后面紧紧跟上，才能作到共同作战的效果。我以为《正气篇——人物百图》的艺术性就没有跟上思想性的脚步，不知作者以为然否？

（二）忘我的劳动精神

李延声在造型工作上有种特殊的"钻劲"，"一头钻进、四大皆空"；他对学习是这样，对创作更是这样。而且，他的钻研精神颇有韧性，不是浅尝即止，更不是知难而退，而是那种"不到黄河心不死"的忘我境界。他在绘制《魂系山河》时曾经在高架上摔了下来，受了伤，可是他仍然扶着拐杖继续工作。造型工作（包括绘画与雕塑）本来是精神劳动与体力劳动并重的工作，它能锻炼那种吃苦耐劳的精神；李延声八年矿山的生活实践，把一个文弱书生变成了忘我战士，这一事实说明深入生活、与劳动人民交朋友的重要性。

（三）形象化的爱国主义

说李延声是一个强烈的爱国主义者，这一点大概是没有人反对的，两次大型作品展出，都说明作者的爱国热情是十烫手的。只有作者本人爱国，才能珍爱那些顶天立地的英雄人物，因而也就崇敬、宣扬那些英雄人物。因此，形象化的爱国主义，是李延声艺术世界的鲜明标志。

综合以上各节，我要说：生活实践应当是劳动精神的实践，形象化的爱国主义应当是爱国精神的形象化；造型艺术的主旋律应当是具有中国特色的社会主义的主旋律，只有这样的主旋律，才能创造艺术的辉煌。

牧趣

社火图

魂系山河画卷之一　屈辱的条约

魂系山河画卷之二　将士殉国记

魂系山河画卷之三　销烟气如虹

魂系山河画卷之四　慷慨同仇

魂系山河画卷之五　三元里怒潮

魂系山河画卷之六　圆明园沉思

晨光

矿山脊梁

红烛图

在变中出新
——甘长霖花鸟画的启示

甘长霖近照

■ 刘龙庭

甘长霖 1946 年出生，天津静海县人。现为海军航空兵政治部创作室一级美术师，中国美术家协会会员。自 1966 年以来，作品多次参加全国、全军美展并获奖。

甘长霖的花鸟画作品，在探索中求变，在变中出新，已取得了可喜的成绩。他的画不俗、不匠、不板、不刻，既有传统又有新意，笔墨章法轻松活泼，欣赏起来颇有韵味，既不同于陈陈相因的老套，又不同无源之水的胡为，从而具有比较高雅的艺术格调。

近年来他有多件作品参加了各种大型画展，并被收入多种画册。甘长霖花鸟画作品中确有某种因素引起了众多行家们的关注。众所周知，中国画历史悠久，花鸟画高度成熟，自唐宋以来至明朝直到近代，堪称大家辈出、高手如林，特别是改革开放以来，中国画的创作队伍空前壮大，中国画的艺术事业和创作活动空前繁荣。在如此活跃的文化背景下，当代中国画家要在众多作者和浩繁的作品中脱颖而出，实在是很不容易的事情，我为甘长霖在花鸟画创作方面所取得的成就，由衷地感到高兴。就目前花鸟画坛的现状而论，尚有许多不尽人意之处，大量作品只能称做"行活"，令人感到缺乏个性，格调平庸，批量生产，了无生气。在这种氛围之下，很难出现有份量、划时代的优秀作品，有识之士只能而求其次，哪怕是尚不完美，只要具有某种创作意识，只要具有些许新意，便会受到额外的赞赏与鼓励。

时代在飞速前进，21 世纪的画坛对画家们提出更高的要求，广大人民翘首以待。在民丰物阜、国运昌盛的年代，物质生活得到改善之后的中国人民，必然进一步追求精神生活与文化生活的质量。具有深厚群众基础的花鸟画，面临着推陈出新的任务。新时期以来，在花鸟画的园地中，确实已经涌现出了不少有成就的画家与优秀作品，为中国画的进一步发展奠定了基础、创造了条件。但是，自古以来，无论从创作的方面或鉴赏的方面，艺术作品向来是有高下雅俗之分的。在历史上，文人雅士与巧匠众工不同；在现实生活中，专业画家与业余作者不同。在全球化科技资讯空前发展的时代，我们应该努力提倡艺术欣赏趣味的雅化，而不应该再像上世纪五六十年代那样，在"为工农兵服务"的口号下，强行推行一种俗化的标准，以大众的眼光"改造"专业画家，使中国画尤其是花鸟画的发展，走了很长的一段弯路。如果我们的花鸟画创作没有高雅的标准，再一味地媚俗趋时，满纸俗艳、脂粉横溢，甚至自封或他封什么"牡丹王"、"梅花王"、"竹子王"，等等俗不可耐的头衔，实在与21世纪时代的要求相去甚远了。需要指出的是，尽管20世纪的中国多灾多难，花鸟画与中国画仍取得了巨大成就，吴昌硕、

齐白石、潘天寿、徐悲鸿等大师的作品，堪与前贤相辉映，在世界艺术之林亦放射着民族的光辉。

作为一位部队的专业画家，甘长霖长期致力于人物画创作，取得了不少的成果，他创作的《洪流滚滚》获得"九届全国美展"银奖，入选"百年中国画展"。他的花鸟画作品，大部分是他在创作人物画的间隙，或者是在完成了人物画创作任务之后而创作的。在他的花鸟画作品中，能够感觉到某种更充分的轻松与自由，更加能够抒写出自己的灵性与个性。中国花鸟画发展到写意的阶段，很早就形成为画家的一种艺术语言，画家以这种语言作为与大自然对话与交流的手段。在甘长霖的笔下，无论是盛开、半开的牡丹，还是春天的桃花、玉兰，秋天的石榴、银杏，等等，已经不再是单纯的自然物的模仿与再现，而是赋予了自己的学养、感情与诗的意境。回过头来说，长霖在花鸟画方面的研习与探索，实验与思考，对他画好人物肯定也会是大有助益的。行家们说，花鸟画挥洒起来最为自由，用笔的路数最为丰富，看上去似乎容易，实际上要画得好很难。如果真正达到"笔笔是笔，笔笔非笔，意在寰中，神与迹化"的境界，对画家本人一说是一种莫大的精神享受，对花鸟画的创作来说就

接近了艺术的真谛了。近代学者王国维《人间词语》中论词的境界，有"有人之境"与"无人之境"的论述。如果把他的词论引入画论之中，人物画当然是"有人之境"的，犹如"众里寻他千百度，蓦然回首，那人却在灯火阑珊处"。而花鸟画则是"无人之境"的，犹如"昨夜西风凋碧树"。但是"凋碧树的西风归根结底还是人听到的，这个人就是诗人或画家本人。由此想到，花鸟画虽然不是像人物那

样着眼于描写历史事件、生活场景、人物精神、世间百态，但它所表现的花鸟鱼虫各种动态，春夏秋冬不同季节，朝暮晨昏、风晴雨雪各种的时令与状态，无不与人的日常生活密切相关，无不是画家本人的切身感受。画家从百草千花中抒发所见、所思、所想，从翎毛虫鱼中抒发心灵深处的情愫，因此，它要求更有感染力、更深入、更客观、更纯粹、更超脱、更永恒。具体说来，甘长霖笔下的花鸟

画，就是他对大自然中景物风光的深切感受，就是他的艺术修养与审美情趣的集中体现，就是他多年来勤奋挥毫刻苦钻研的结晶。如果我们看了他的花鸟画作品，随之也产生了愉悦的心情与丰富的联想，那就是受到了他所塑造的艺术形象的启迪与感染，那也就是他的花鸟画的艺术语言与我们产生了共鸣。

秋熟　69cm×69cm　2000 年

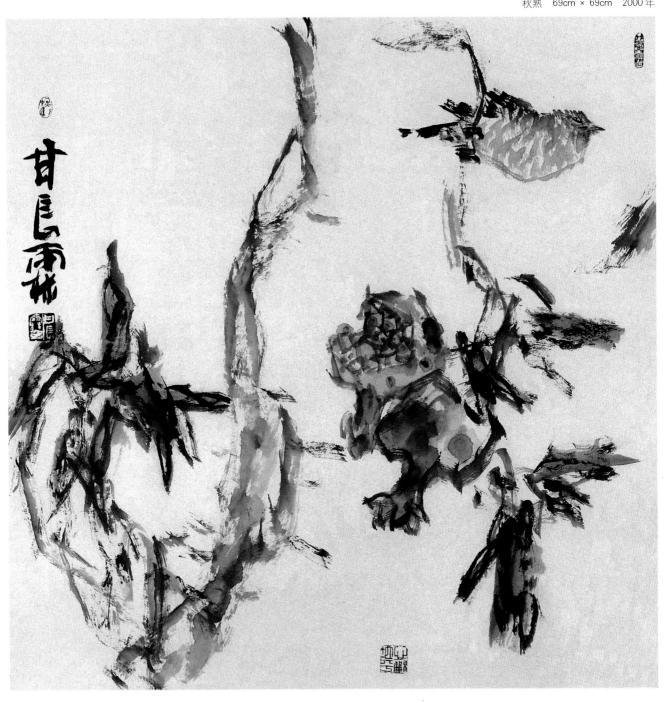

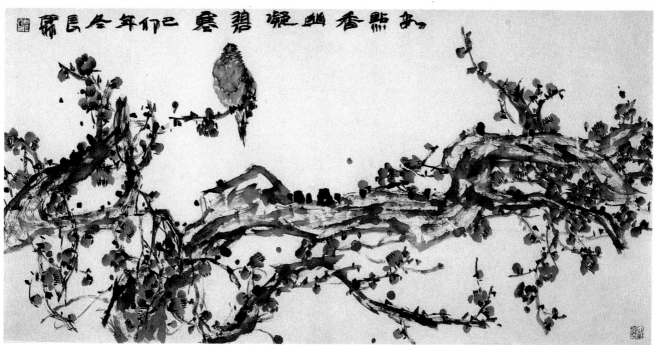

左页上图
石榴花
69cm × 69cm
1998 年
左页下图
梅香
68cm × 136cm
2000 年

右 页
月色
79cm × 50cm
2000 年

营院春晴　180cm × 160cm　2001 年

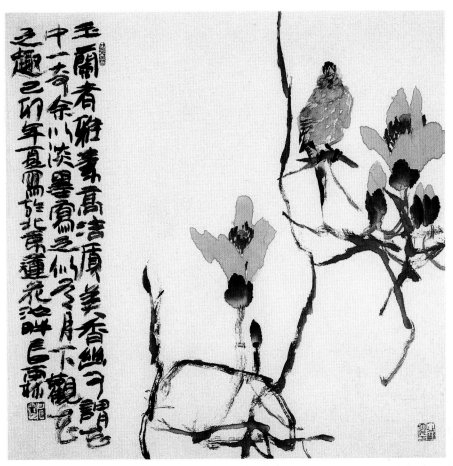

质洁
69cm × 69cm
2000 年

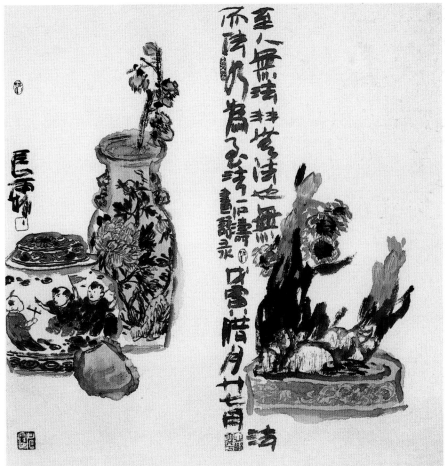

暗香
69cm × 69cm
1998 年

神龙韵化丹青梦

——评康金成的绘画艺术

■ 曹文海

历史总以不同的形式给后人设立艺术的丰碑，逾越不易，超脱更难。尤其地处西部的当代绘画艺术步履蹒跚，探索者更似探险，其中也不乏胆志者，我所认识的康金成算是苦旅者之一，其人其作自有其味，亦有其酸甜苦辣，通心者便会领悟个中难辛和艺术之真纯。

当康氏艺术威慑于心时，精神的激荡将不再由己，放野的狂想曲难成曲，此中真意欲辩忘言。这种绘画潜在之神韵迫使我不得不静心澄怀，审视其内在成因，然后才能安抚其迷离的思辩，找到其根性所在。于是我感到康氏艺术的"大气"和"韵致"："气"的畅达统领着笔墨写山写水，出枝点梅，一切的皴染点的形式均得之于"气"的精神之帅；"情"的笃真使康氏艺术的血脉精气富于极强的人情韵味，并具有刚柔相济的质性。由此而来的是雄浑质朴犹如其人，浩然风骨可为神采，苍古高华皆归学养，大气磅礴乃为器宇。这一切的一切均来自康氏艺术生命活力的真正意义——创造。

不难看出，当代"墨象派"思维的投入使康氏花鸟画艺术暗伏着独立自在的墨象意味。适度的肌理迷茫出神秘的故国情调，投合着国民祖辈辈遗传的衷情。尤其是梅花的枝干是在平面构成里营造着三角形的裂变和疏密，这似乎正暗合了西方学者赦伯特、库恩的想象的艺术在寻找"事物内在的东西，根据法

则，它探索三角形中的神秘主义，圆形的基本象征以及矩形的宁静"。康氏艺术正是把目光转向探求艺术本体的形式与内容，专注于永恒，在简化而富于装饰的五瓣梅花中，谋求中华民族的五数哲理。并用朱砂，石青之色强化色彩效应，与古代"丹青"之名的本意贴近，使重彩与水墨相结合形成强烈对比，给人以视觉冲击力。似乎康氏艺术在某种状态下将能满足人们自身最伟大和最基本的本能需求。其创作"机趣"随意而得、"心智"任形而生。每当面对其作品，观之游之，神思为之荡漾。这正是他画理形象化，情韵诗意化的梅之特性所致。

随着"意象"的物态化，他的语言体系与其生命的自律性密切相关，构成了

他独立自在的艺术实践和创作心态：做人如同作画，作画更显人情。尤其巨幅山水画的气韵内涵充分说明了康氏艺术语言体系的构成基因一方面来自传统，另一方面却来自于主体精神。在其寸方之内或半壁山水画里，使人感悟到的是艺术家对文化以及现实生活的思维沉淀。他师法传统，效法诸家并与自然对话，继而开发自我，且能心灵独白；提纯抽象以求其变，不与自然同也不与古人同、世人同，更不与自己的过去同。而是步步走向灵魂深处，极近佛学之虚空大界，而后回返生象，其象已不再是眼前之象，而是心中之象，意念之象。进而笔墨鲜活生动直追心画，毫无拖沓之气，运笔慢时古拙有余，快而必显苍劲有力，大有解衣般礴、

康金成 又名康醴仁，1948年出生于甘肃省武山县，西北师范大学美术系毕业，研修于西安美术学院中国画系。现为中国美术家协会会员、甘肃画院院长、甘肃美术馆馆长、高级美术师，甘肃省美术家协会副主席。

康金成近照

古梅雄姿　60cm × 128cm　1998 年

风起云生之感。加之深远幽冥的时空深度，使山川河流于空茫中始见精魂，体现神采，由此可见，他的艺术是保持了传统基因的表现性艺术。

至此，康氏艺术的表现性是从客体自象走向了主客体合一的类象复合，从而构成了艺术本体的完美和自律。它是"澄怀味象"的结果，是至纯、至真、至广的表现是客体形象和主体思辨的加工与提炼。简言之，其造型特征已超越了具象，而超简包容、复合一切有关形象的"似与不似"的立体建构。由此，可以说康氏艺术的梅之神是一切灌木杂本的综合，是松、柏、枣、槐的精神所在，是宗教神性的暗伏，是主体意识的有意无意的产物，也是华夏民族自强不息的生命潜质的体现，并涌动着曲折多变的硬质情愫，喷吐着一种激荡奔腾的中华秦汉式的雄健之美。

审美、感觉、理智、心象的交互为用，使康氏艺术的郁结之气在收与放中展示

了力之美。他将人生的感悟化作精气随笔潜入画中，使悲化其欢，忧化其乐。并能安然乐道挥洒一身正气，浩然自在而非空幻自适，进而以达观的态度对待人生，对待学问。正是这种气质的特性和文化的整合才迎来了他无需雕琢，自成家风的今天。并由精品意识迈向了极品意识，在宏篇巨制的作品前，观众领略到的是恢弘的气势，北方自然生态与人本的表现。虽然历史上董其昌提出"南北宗论"，褒南贬北已成历史，然却余波未平。而金成恰是力主强悍之美的一员大将，并义无返顾地走向他的理想王国。

做为一位艺术家他未被面前障而掩，无视其自我，尽管历史以公正的态势曾接纳了这位西部画家，并使他穿行往来于国内外艺术界，赢得了广泛的好评。但他开始宝剑退火，冷却自我，使自己以平常心去待人处世，探求真理，走向了朴实天华的精神家园。在那里他似乎真切地感受到世界之大和自身的渺小，于是他

广泛听取朋友以及师长的评价和意见，使他更象唐朝杜甫的作诗风范，从高深向民众的平和心态走近，来传达质朴的感情，并赢得了越来越多的读者，这便是他几十年苦心经营的最高回报。

展望中国画的前景，他总以极乐观的态度和超越常人的意志在继续探索着，这正是他本体光辉之所在。一个人的耐力足以使他捍卫其心灵的意念，成就其伟大，无论其道路有多艰难，坚毅的个性只有在拼搏中求得再生，并幻化出生命的五光十彩，而后必然留芳百世。这也是无数先哲的轨迹留给我们的美丽启示。而康氏艺术已导入这种轨迹并延伸而去。

面对未知世界，康氏艺术的征途是艰难的，因为金成从来就没有满足过，正是这种不满足，才使他的个体生命独具驱动力和创造力。相信，康氏艺术的未来必将更加完美。

中华万古春常在　240cm × 500cm　2001年

铁骨著今春　300cm × 900cm　2001年

中華萬古春常在
甲南康在武作

鐵骨著今春
歲在己卯冬月古梅軒主康雲武

春晓
148cm × 68cm
1996 年

暗香浮动
245cm × 125cm
2000 年

自将清气觅高寒
68cm × 68cm
1996 年

白露
68cm × 40cm
1997 年

风骨
68cm × 68cm
1996 年

霜雪浸髓
140cm × 140cm
2001 年

张有清书法作品选

张有清近照

张有清 1942 年生于北京。现为中国书法家协会理事、中国书法家协会书法培训中心教授、中国书法家协会刻字艺术研究会委员和北京书法家协会副主席。自幼喜习书法，曾受教于画坛巨匠于非闇先生。后习书法，以隶书、魏碑见长，尤擅简牍书法。

书作多次参加国际、全国性大展，并多次获奖，多次赴日本、韩国举办联展及从事讲学活动。在挥毫同时，注重理论研究，以期再指导实践，提高书艺。有《简牍基础入门》、《汉武威简书三种解析》、《隶书技法》、《魏碑技法》等专著、录像带、光盘出版。曾参与编写大型工具书《书法学海》、主编《中南海古迹楹联名家联墨》，书写了珍藏竹简版《孙子兵法》，由国家图书馆出版社出版。

曾任第一、二、三、四届中国书法篆刻电视书法大赛评委，第三、四届国际文化交流"赛·克勒杯"中国书法竞赛组委会副秘书长、评审委员会委员。

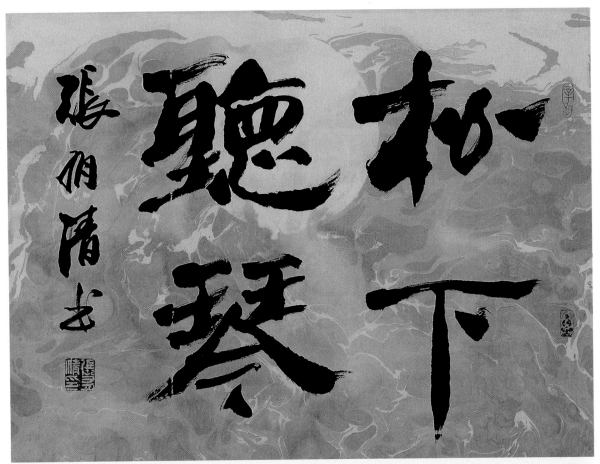

松下聽琴

張羽清書

畫耕夜誦

張羽清書

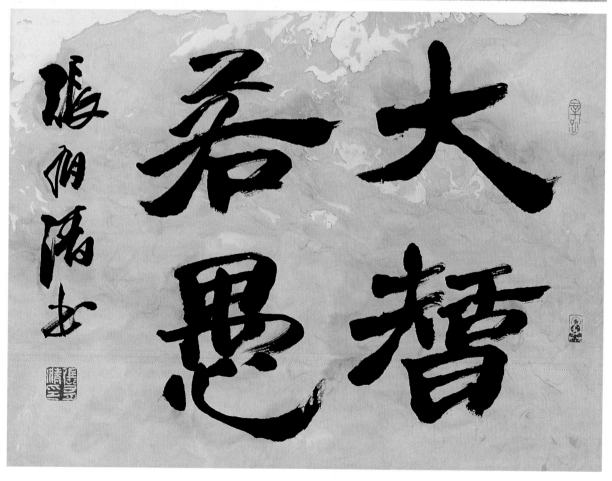

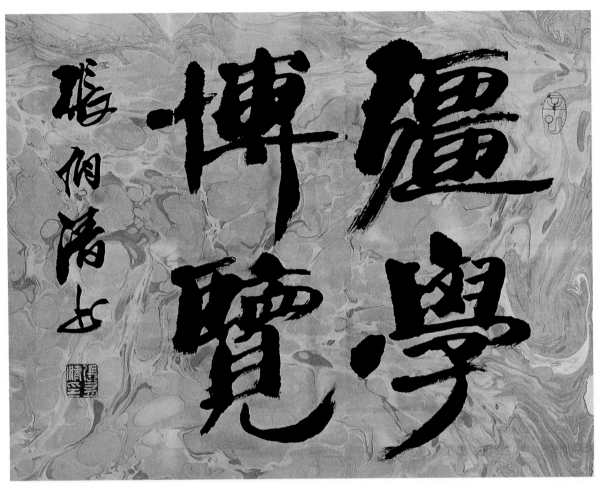

境 象 中国画七人展作品选

继往者开来

■ 韩国臻

　　七位相继毕业于中央美术学院中国画系的青年，今天用自己的作品向大家展示他们对传统的执着与向往。在现代时尚文化缤纷夺目的世界里，青年人有这种追求需要胆量，故十分地可贵。这种追求显示了传统在他们心中的价值地位，也宣告了他们在从艺之路上的自觉。对他们来说，这仅是个起步。因为在艺术探索中，对传统语言模式的模仿与研究是不可回避的阶段。但这并不是目的。虔诚地继承传统，是为了创造和发展未来的传统。通过对传统由表及里的探索，达到真正面对传统艺术精神，并把它化作自己的艺术生命之魂，是他们以及包括我在内的实践者必须正视的重要课题。

　　祝贺七位昨日的学生——今天的同行的执着选择。与追求时尚相比，这个跋涉虽然有点艰难、寂寞，但却意味深厚，其乐无穷。进入大味必淡的文化高境界，这正是现代中国艺术家成就"东方既白"民族文艺复兴不可或缺的精神本源。

参展画家

刘荣 1968年生，毕业于中央美术学院中国画系，获硕士学位。现执教于中央美术学院中国画系贾又福工作室。

金瑞 1973年生，毕业于中央美术学院中国画系，获硕士学位。现为中央美术学院中国画系讲师。

谢青 1971年出生，毕业于中央美术学院中国画系，获硕士学位。现为中央美术学院讲师。

陈浩 1971年生，毕业于中央美术学院中国画系，获得硕士学位。现任中国人民大学徐悲鸿艺术学院讲师。

岳阳 1973年11月生，毕业于中央美术学院中国画系。现任《中国经营报》美编。

王鸿雁 1974年7月生，毕业于中央美术学院中国画系。现任教于中央工艺美术学院附属中学。

王冠军 1976年5月生，黑龙江望奎人。现为中央美术学院中国画系本科生。

谢青　浓妆淡抹　68cm × 68cm
陈浩　绿遍天涯　48cm × 59cm

上图左 **王鸿雁** 马蒂莲 110cm × 110cm
上图右 **岳 阳** 牛牛和我的快乐时光 21cm × 24cm
下图左 **金 瑞** 芳草萋萋 150cm × 120cm
下图中 **刘 荣** 暖风 100cm × 34cm
下图右 **王冠军** 淡品相思 120cm × 80cm

西苑出版社艺术图书书目

中南海尘影	1999.8	16	128.00
毛泽东选集手抄本(4卷)	2001.10	大16（精装）	2388.00
古今联语汇选(4册)	2002.1	大32（盒精装）	270.00
品读世界摄影大师精品(第一集)(6册)	2001.1	大32	72.00
品读世界摄影大师精品(第二集)(6册)	2002.1	大32	72.00
水墨丛书（一）	2001.6	大16	38.00
水墨丛书（二）	2001.10	大16	38.00
水墨丛书（三）	2001.12	大16	38.00
怎样画紫藤·牵牛花	2002.5	16	10.00
怎样画葫芦·丝瓜	2002.5	16	10.00
怎样画牡丹·菊花	2002.5	16	10.00
怎样画梅·竹	2002.5	16	10.00
怎样画荷花·兰花	2002.5	16	10.00
怎样画水墨人物画	2002.5	16	10.00
怎样画鸡·鹰	2002.5	16	10.00
怎样画山水	2002.5	16	10.00
怎样画简笔牡丹	2002.5	16	15.00
怎样画简笔热带鱼	2002.5	16	15.00
怎样画简笔荷花	2002.5	16	15.00
怎样画简笔松鹤	2002.5	16	15.00
怎样画山水画浅议	2002.5	16	15.00
建筑风景铅笔写生技法	2002.5	16	19.80

《中南海尘影》简介

本书为介绍中南海古迹风貌历史沿革的文史读物。

全书分七部分："海子"溯源、帝王春秋、胜迹寻踪、宫苑撷英、岁时风习、史料钩沉、历代诗选，并附二百余幅图照。

目前，中外读者对中南海古迹历史的兴趣日益增强。本书材料丰富，条理清晰，语言晓畅。在展现古代（金、元、明、清）中南海皇家禁苑宫观台榭之盛的同时，还注意对相关历史人物、事件的具体介绍，有较强的可读性、知识性和系统性。

二百余幅图照形象生动地展现了中南海胜迹池水之美景，与文内历史资料相呼应；百余首文人诗咏和著录的宫廷轶事，使读者既能了解中南海一百余个殿、阁、楼、台的兴建由来和变迁，也能窥知明清两代帝后在中南海的生活习俗，乃至对古代皇家园林的研究，都具有一定的欣赏和参考价值。

《中南海古迹楹联》简介

水木清华的中南海，自古至今，因地位的特殊性，使世人对其作为古典园林的文化内涵知之甚少，翰苑文坛乃至各界人士欲知其详者引领已久。《中南海古迹楹联》一书恰能满足人们的这一需求。本书包括"中南海"内揭联古迹的概况、匾联隽语、联文诠释、联文作者身份及其文思的介绍、当代名家联墨等。尤为使人赏心悦目的是名家联墨，占主要篇幅，它荟萃了我国当代一百多位书法名家最具特色的佳作，率以中南海古迹楹联为题材，体备真草隶篆，格分端庄豪放，各有专擅，齐显风神。可谓胜地佳联、名流妙墨，合璧生辉，异彩纷呈，使这座既有人文景观之美，又具自然胜概之妙，"虽由人造，宛自天成"的皇家园囿又添了一层斯文韵致。

披览之下，胜似参观全国性联墨书展，如对这一具有神密色彩的宫馆作一次清赏神游。料想读者手此一编，定能受益多方，更堪什袭珍藏。

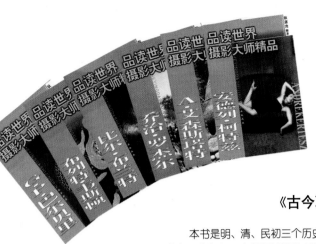

《古今联语汇选》简介

本书是明、清、民初三个历史时期规模最大的对联作品选集，是清人梁章钜道光二十年（1840）《楹联丛话》系列之后的一部巨著。

为了查阅方便，本书在编辑时把名胜类编在一起，把园林类编在一起，把园林各祠庙类编在一起……相当于不增减原著一字的情况下，多了一项分类检索功能。基于本书资料方面有重要价值的考虑，在重编出版时，保持了原书的本来面貌，在内容上没有作增删和改动。

全书共8册，包含了名胜、园林、祠庙、刹宇、庆贺、哀挽、廨宇、学校、会馆、戏台、杂题、投赠、谐谑、杂缀、谚语、诗钟、集句、集字约26750条幅对联。

《书法云梯》丛书简介

近年来，图书市场上各类书法类书籍林林总总、层出不穷，但这些书或偏重于字的笔法、结构，或倾向于读帖临习，或止于心传漫谈等，而侧重于讲究书法创作章法的却凤毛麟角。鉴于这种情况，我们组织了一批具有丰富书法教学和创作实践经验的书法家编写了这套《书法云梯》丛书。

本丛书包括"格言篇"、"诗词篇"、"楹联篇"。每篇分别用篆书、隶书、魏碑、楷书、行书、草书6种字体书写，3套共20本。其中每册正文内容均由作者精选历代格言、诗词、楹联各50例，书后还附有各类短语集粹，便于习书者选择使用。

格言篇：每册以中堂、条幅、横幅、斗方、条屏、圆光等不同形式书写中外格言、警言、赠言各50句，字数分二字、三字、四字、五字、六字、七字、八字不等。所选格言富有寓意，贴近现代生活，从不同侧面体现有关人生的思考与教益。

诗词篇：每册以竖式、条屏、斗方、扇面、横式等形式书写了名家诗词50首，内容涉及修身养性、道德情操、治学立业、社会处事、景物吟咏等。作品均能体现诗词与书法相辅相成、相得益彰的传统特点。既可赏析，又得章法要领。

楹联篇：每册以两条式、龙门式、瑶琴式、中堂式、两段式等书写了50联作品，其中有两字、三字、四字、七字或多字的，显示出传统文化与时代要求相结合的新鲜联作。

本丛书具有以下特点：

1.鉴赏性：主体内容是甄选的一些格言精粹、诗词、名句、联语佳作等，并配以简短注解，使读习者既能赏析诗文词句之妙，又可从书家的点评中玩味书艺之趣。

2.知识性：对习作时所涉及到的许多有关书法创作方面的知识，书家均作了扼要的说明和介绍。

3.实用性：现今书法创作类图书不仅数量少，且大多以单本形式出现，内容相对单一，不成系统，无法满足习书者创作方面的更多、更高的要求，而本丛书无论是在整体策划上还是编写体例上，都强化了这方面的内容。

格 言 篇

书　名	出版时间	开　本	定　价
草书格言50例	2002.5	大16	15.00
篆书格言50例	2002.5	大16	15.00
楷书格言50例	2002.5	大16	15.00
魏碑格言50例	2002.5	大16	15.00
行书格言50例	2002.5	大16	15.00
隶书格言50例	2002.5	大16	15.00

诗 词 篇

书　名	出版时间	开　本	定　价
草书诗词50例	2002.5	大16	15.00
篆书诗词50例	2002.5	大16	15.00
小楷诗词50例	2002.5	大16	15.00
魏碑诗词50例	2002.5	大16	15.00
行书诗词50例	2002.5	大16	15.00
隶书诗词50例	2002.5	大16	15.00

楹 联 篇

书　名	出版时间	开　本	定　价
草书楹联50例	2002.5	大16	15.00
篆书楹联50例	2002.5	大16	15.00
楷书楹联50例	2002.5	大16	15.00
魏碑楹联50例	2002.5	大16	15.00
行书楹联50例	2002.5	大16	15.00
隶书楹联50例	2002.5	大16	15.00
联圣文选简书集联50例	2002.5	大16	15.00
联圣文选魏书集联50例	2002.5	大16	15.00

图书在版编目（CIP）数据

水墨. 4／中国画研究院艺术交流中心编. —北京:

西苑出版社，2002. 1

ISBN 7-80108-633-3

Ⅰ.水...　　Ⅱ.中...　Ⅲ. 水墨画—作品集—中国—

现代　Ⅳ. J222. 7

中国版本图书馆 CIP 数据核字（2002）第 021291 号

水　墨 丛书（四）

编　　者	中国画研究院艺术交流中心
出版发行	西苑出版社
出 版 人	杨宪金
通讯地址	北京市海淀区阜石路 15 号　　邮政编码 100039
电　　话	68247120　　　　　　传　真 68247120
网　　址	www.xycbs.com　　E-mail aaa@xycbs.com
制　　版	北京华新制版新技术有限公司
印　　刷	北京新华彩印厂
经　　销	全国新华书店
开　　本	889 × 1194 毫米　1/16　印张 8　字数 70 千
	2002 年 1 月第 1 版　　2002 年 1 月第 1 次印刷
书　　号	ISBN 7-80108-633-3/J · 123

定　价：38.00 元